文庫

万葉学者、墓をしまい母を送る

上野 誠

講談社

はじめに

これから私が語ろうとすることは、個人的体験記でもなければ、民俗誌でもない。ひとりの古典学徒が体験した、死をめぐる評論でもないし、ましていわんや小説でもない。

いや、省察と呼ぶのもおこがましい。私の祖父が死んだ一九七三（昭和四十八）年夏から、母が死んだ二〇一六（平成二十八）年冬の四十三年間の、死と墓をめぐる私自身の体験を、心性の歴史として語ってみたいと思うのである。

かくいう「心性の歴史」とは、フランスのアナール学派の歴史家たちが執拗に追究してきた研究のテーマである。彼らは、偉人伝や政治史が語るような、いわば大きな歴史ではなくして、主に社会と個人との関係や、習慣と心性の変化などを研究の対象としてきた。それは、いわば小さな歴史学、ソフトな歴史学ともいえる。私も彼らに倣い、みずからが経験してきたことがらをそのように語りたくなった。

って検証するのか。それがいったいなにに役立つのかなどという批判は、すでに予想されるところではあるけれども、私はあえて、この書を世に問いたい、と思う。心性や感性というものが、集団や共同体においても共有されることは知っている。が、しかし。それはやはり個々人の心に、まずは宿るものではないのか——。だとすれば、個人の経験から心性の歴史を復原することも、あながち不当ともいえないだろう。

四十三年間という時が歴史になるのか。個人の経験や思いなどを、いったいどうや

中学二年生のひと夏、私は生まれ故郷の福岡県甘木市（現・朝倉市甘木）にいた。中学生の私にとってはつらいことであった）。私たちの一家は、福岡市に暮らしていたのだが、祖父の容体が思わしくなく、看病のために甘木の祖父の家で過ごしたのである。もちろん、父母も私も、医師の言葉でこの夏がヤマ場だと知っていた。

キャンプも海水浴もすべてキャンセルして（たわいもないことかもしれないが、中学

祖父は、三床しかない個人病院に入院していたが、医師は家族にこう言ったのであった。

「ここは、個人病院ですから、いろいろと悪い評判が立っても困ります。家で最期を看取っていただきたいですし、ご家族のみなさまがたも、家で看取られるほうがよい

す。そのとき、祖父の意識はほとんどなかった、と思う。

ので、このまま病院にいたらきっと治るという気持ちがあったのではないでしょうか」

当時は、家族の側も、家での看取りを強く求めていたのである。そこで、両親と祖母は、中学生だった私の夏休みがはじまるのを待って、祖父を病院から甘木の家に戻した。こうして、私たちは最期の時を、七月二十日から心静かに待つことになった。そのとき、祖父の意識はほとんどなかった、と思う。

もちろん、私たち家族は一縷の望みを持っていたが、回復の見こみがないことは一見して明らかで、父母と私は秘かに喪服を持って、祖父の甘木の家に向かった。

末期の肺がんだった。当時は、治療の方法のない病人を個人病院で預かることもあったのだが、亡くなる直前に家に帰していた。個人病院は、自分の病院で死者が出ると医師としての評判を落とすことになるので、死期が迫るとしきりに家に戻そうとする。私たちの家は商家だったので、人手のやりくりをうまくつければ、ひと夏つき添うことも可能だったのである。

目次

はじめに——3

死の手触り

墓じまい前後

死にたまふ母

われもまた逝く

この世でね　楽しく生きたらね……
あの世では　虫になっても鳥になっても　俺はかまわんさ
踊らにゃそんそん

生きとし生ける者は――
ついには死を迎える
ならばならば　この世にいる間は……
楽しく生きなきゃー　ソン！

万葉学者、墓をしまい母を送る

が家の家族の生没年一覧

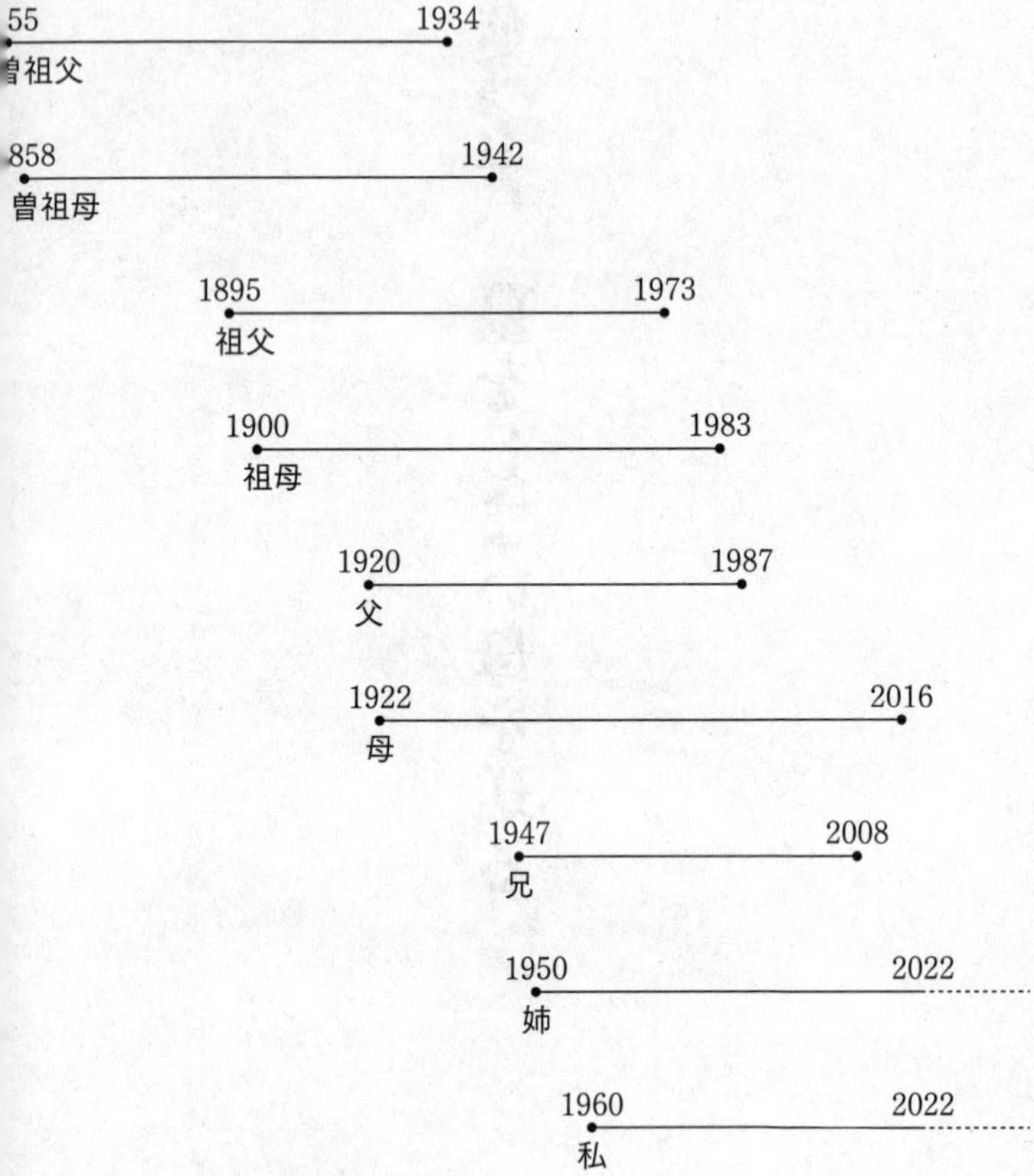

55 — 1934 曽祖父

858 — 1942 曽祖母

1895 — 1973 祖父

1900 — 1983 祖母

1920 — 1987 父

1922 — 2016 母

1947 — 2008 兄

1950 — 2022 姉

1960 — 2022 私

死の手触り

一九七三年八月十六日

甘木の屋敷に戻った日から、祖父のもとには、親戚、友人がひっきりなしにやってきた。もちろん、見舞いに来るのだが、誰もが、痩せ細った祖父の姿から、その日が近いことを一瞬にして悟った、と思う。また、菩提寺(ぼだいじ)の禅寺の住職もたびたびやってきた。祖母は、住職が来るたびに、「お車代」を渡していたから、住職の禅僧は祖父の耳元で、なにか因果をふくめていたのかもしれない。

父と母は、仕事のことが気になってしかたないし、私も私で友だちと遊べないから、ストレスは溜まってゆく。ストレスは喧嘩の因である。祖母は、父と私に気を使って、

「これぱっかりは、いつお迎えがくるかわからんけんねぇ、申しわけなかねぇ」

と言っていた。祖母が主に父にたいして気を使っているのは、中学生の私の眼から見てもよくわかった。父は婿養子で、母は家つき娘だったからだ。

当時は、大人用の紙おむつが普及していなかったので、祖母手作りのおむつが、物

干し台に、翩翻（へんぽん）とはためいていたのが印象的であった。ひるがえる旗を見た近所の人びとは、道で出逢うたびに、

「おじいさまは、退院なさったとですか」

と聞いてきた。もちろん、ご挨拶がわりの言葉としてである。しかし、なかには、根掘り葉掘り症状を聞く人もいてイヤだった。まるで、見張られているみたいだからだ。

お盆の少し前になると、兄、姉が祖父の家にやってきた。二人はすでに独立して働きだしていたから、早め長めの夏休みを取って、駆けつけてくれたのである。そうして、久しぶりに、祖父、祖母、父、母、兄、姉と私の家族七人全員がそろった。私たち三兄弟は、祖父の口に、お粥やらヨーグルトやらを運ぶのだが、容易にこれを食べてはくれない。三人は、まことに失礼な話だが、異口同音にこう言った。まるで、離乳食みたいだね、と。

最期の日は、突然といえば突然だし、よ、う、や、く、といえばようやくやってきた。朝はふだんと変わりがなかったのだが、昼すぎから祖父の呼吸が荒くなってきたのだ。

高校野球のテレビ中継を見ながら、私たちは、なにをやるともなく暇をもてあまして、誰も今日がその日になるとは思わなかった。覚えているのは、当時「怪物」と呼

ばれて騒がれていた江川卓投手を擁する作新学院高校の敗退が決まるのと前後して、祖父が息を引き取ったことである。時に、一九七三（昭和四十八）年八月十六日のことであった。

父が、「しまえたかも」と言って、病院に電話しはじめたのを覚えている。だから、私の脳裏には、試合の進行と祖父の死が一体のものとして今も記憶されているのだ。医師がやってきて、その死を確認すると、家族はみな、祖父にたいして、お疲れさまでした、と声をかけた。半分は祖父のために、半分は祖父のために時間を使っている自分にたいして言っていたのかもしれない。祖父は、女性問題など、多少は困ったところがあったにせよ、家業を発展させたし、裕福だったころは、家族と親類にたいして、必要に応じて援助をしていた。そんな祖父が、一生を終えたのである。

医師と入れ替わりに、お坊さんがやってきて、枕経が上げられた。

すると、あい前後して、親類や隣家の男衆が次々にやってきた。男たちは「御供」と書き添えられた熨斗紙のついた菓子折りを持ってやってきた。また、菓子の代わりに千円か二千円ほどのお金を包んで持ってくる人もいた。熨斗袋には、「茶菓代」と書かれていた。

他方、少数だったが、「茶菓代」ではなく「無常講」と書き入れた熨斗袋を持ってくる人もいた。それが、この地の「ならわし」なのだ。種明かしをすると、「茶菓代」とは、通夜にやってきた弔問客に供される茶菓や食事の代金という意味なのである。また、拝む際に、遺体の前に十円、百円という小銭を置いて祈るのも、この地の風だ。おそらく、死んで崇拝の対象となったことを象徴的にあらわしているのだろう。

私を基点としたわが家の家系図

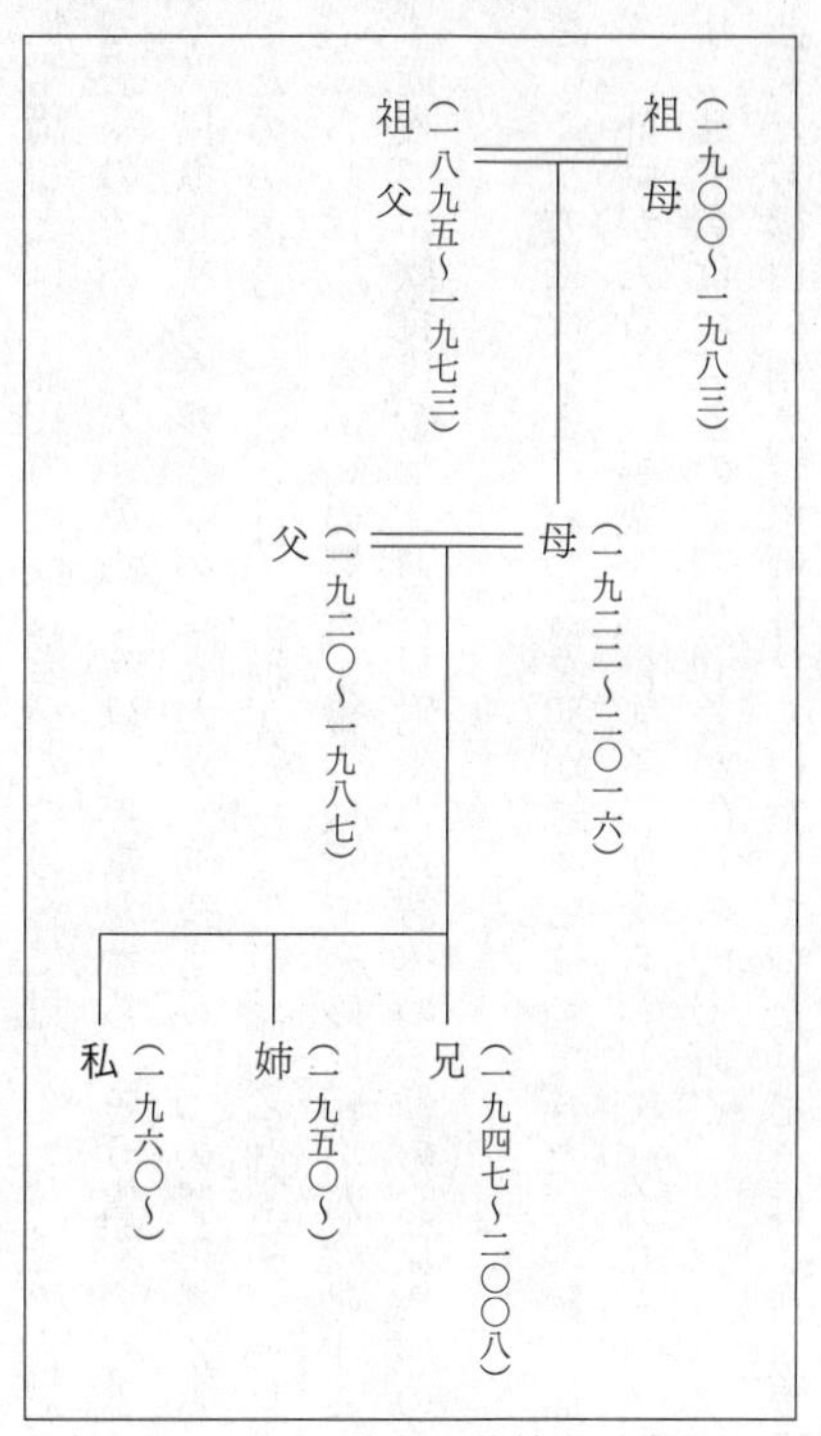

※祖父、父までは家督を相続した家長という意識が強く残っていた。兄にもその気負いはあったと思う。兄没後、母のことだけは責任を持たねばならないという意識は私にもあった。

「無常講」とは、通夜での飲食をひとつの講に見立てて、その講に参加するという意味で書くのである。人が死ぬことは、無常だから、そう書くのだという。講とは、巡礼や共同飲食するグループのことだが、通夜もひとつの講にあたるとする考えかたもあったのである。これらは、告別式当日の「香典」「御霊前」「香華料」とは別である。こちらは、つきあいの濃淡、縁の遠近で微妙に相場が変動するものである。しかし、通夜での飲食代金は、通夜で働く人たちへの一種のお見舞いのようなものなのである。

さて、夕方になるといわゆる女衆（おんなしゅ）が続々とやってきた。地縁、血縁の女性たちだ。まず、訃報が入ると、男衆が急行するのがならわしで、女たちはそれぞれの家の用事をすませて駆けつけるので、時間差が生じるのである。

彼女たちは白い割烹着（かっぽうぎ）を例外なく持参していた。それは、台所で煮炊きを手伝う必要があるからだ。親類の若い嫁がエプロンを持ってやってきたのだが、なぜかエプロンではだめだったようだ。口うるさい小母たちから、おためごかしな注意を受けていた。「温かいアドバイスのかたちを取るイジメ」に耐えられなくなった彼女は、割烹着を買うために半泣きで走って外に出ていった。その陰険さといったらない。葬式のときは、エプロンではなく白の割烹着という約束事があったのだろう。

女衆は手慣れたもので、年長者ないしは時々の台所の権力者の指図にしたがって、買い物をして「煮しめ」「きゅうりの酢の物」「なすびの塩もみ」を黙々と作ってゆく。「煮しめ」は、サトイモ、厚揚げ、こんにゃくの「煮しめ」だが、私にとって美味しいものではなかった。

女衆は、買い物も手分けをしておこない、その領収書はすべて祖母のもとに集められていった。不思議なほど淡々と、事務的に、お金が支払われてゆくのが、じつに印象的だった。みな、慣れているのである。父母は、突然やってくるであろうこの日のために、千円札を五十枚以上も用意していたのだ。

家族と親類を中心とした仮通夜（十六日）、近隣の人びとを招く本通夜（十七日）、告別式（十八日）のたびに食事が出るので、とにかく暇さえあれば女たちは料理の作り置きをしておかなければならないのだ。通夜に出る食事は「通夜ぶるまい」、告別式に出る食事は「おとき」ないし「おひら」というのが、この地のならわしであった。この期間中は、どんな時間帯に人がやってきても、食事ができるようにしておかなければならないのだ。

だから、合計すると数百食にも及ぶだろうし、その分また洗いものが発生するわけであるから、まるで合宿所の賄いのようなものだ。精進であることは当然だが、献立が三品で、食あたりが出にくいものになっていたのは、そのためだろう。献立は家々で異なるが、われわれの親類間の取り決めでは、三品までと決まっていた。これは、家々で見栄を張りあって、どうしても豪華になってしまうからである。このほか、弔問客が持参する菓子があるので、食べ物はたくさんあった。

葬式の「格」

一方、父、祖母、母は葬儀のやりかたを、お寺さんと葬儀屋さんと詰めてゆくのだが、これがなかなかむずかしいのだ。

ひとつは、予算との兼ねあいがあるからである。じつは、当時の田舎では、葬儀屋さんも今ほど詳細な見積もりを出さなかった。もちろん、田舎のことなのでその地なりの相場というものがあって、あこぎな商売をする葬儀屋などはいるはずもない。ところが、とにかく一つひとつの事を決めるのに、やたら時間がかかるのである。わが家としては、なるべく大きな葬式を出したいが、予算との兼ねあいもあるから、思案しなくてはならない。

また、それとは別に、気遣いしなくてはならないことも、当時はあった。それは、親類の他家の葬式との兼ねあいである。祭壇は大きく豪華に、読経するお坊さんの人数はひとりでも多くしたいけれど、家々には序列というものがあって、他家とのバランスを見なくてはならなかったのだ。だから、親類間で、当時はある程度の合意を必要としていたのである。

そのため、葬式のたびごとに、本通夜が終わるまで、男衆は話しあいのようなものを延々と続けるのを常としていた。「ようなもの」といったのは、雑談なのか話しあいなのかわからない、だらだらとした時間だからである。葬儀の進めかたすらも、喪主たる祖母の一存で、当時は決められなかったのである。

たとえば、ある叔父は、こう言った。

「あんたとこが、そげなふとか葬式ば出したら、うちは破産ばい。うちは、金んなかけんくさ」

こう言われた父は、

「そげんこつはなかよ、香典で元は取れるっとやけん」

と反論していた。

要は、おまえのところでそんな大きな葬式をされたら困る。それと同じ葬式をうちは出せない（そんな金はない）、というのにたいして、そんなことはない。香典で元は取れるはずだ（だから、大きな葬式をしてもよいはずだ）といった、そんなこんなのやりとりが一晩中続くのである。

そして、もうひとつ、揉めに揉めた「議題」があった。これは日本の葬儀につきま

と う、永遠の課題ともいうべき大問題だ。焼香の順番である。

私は、大人たちはどうしてこんな些細なことで揉めるのだろうと不思議に思ってい たが、いまでは揉めた理由もよくわかる。焼香の順番は、死者との縁の近さで決めら れる部分と、社会的地位で決められる部分とがあるからだ。また、香典の金額には、

◎縁の遠近×経済力=香典の金額

という計算式があるが、焼香の順番はそうはゆかない。最初の部分は、親族間の関係で決めてよいのだが、その後が問題なのだ。おつきあいの濃淡、社会的地位、それぞれの地域の慣習などが入り混じって、正解などないのである。しかも、議員だって来る。そのときは、当選回数を調べなくてはならない。

一方、参会者も参会者で、自分で焼香順位を考えてしまうから、ややこしい。なんであいつのほうが、俺より先なんだと、揉めるのである（日本でもっとも著名な大寺院の僧侶たちの、焼香順の問題をめぐって撒かれた怪文書を見たことがある。僧侶のあいだでも揉めるのである。腹に据えかねたのであろう）。

もちろん、酒も入って話は迷走に迷走を重ねる。それでも、みなが納得するまで話しあいは延々と続くのである。もちろん、その間、お寺さんと葬儀屋さんからは、早く決めてくれとの電話が入る。矢の催促だ。

民俗学者の宮本常一の文章を読むとわかるのだが、村の寄り合いというものは、全員が納得するまで続けることを建前としていた。遺恨を残す多数決などしないのだ。だらだらと会合を続け、何度も何度も食事をして、説得し、見かけ上は全会一致のかたちにするのである。長い時を経て、みなが話しあいに疲れはてたころ、時間切れでどうしても決めなくてはならないからという理由で、事を決するのである。

では、いったいどういう結論が出るのだろうか。結論など、はじめから決まっているのだ。結論は、まぁいろいろな意見はあるけれども、ここはやはり喪主の気持ちを尊重して決めるのが筋だろう、というところに落としどころがはじめから決まっているのだ。それでも、くだくだ、長々とやらなくてはならないのである。つまり、勝者も敗者も作らず、みながしぶしぶ同意したというかたちを、必ず取るものなのだ。そうすれば、失敗しても誰も責任を負わなくてすむ。これが、寄り合いの民主主義というものだ。祖父の葬儀の算段も、一晩かかって仮通夜の午前四時に決まったと思う。

では、なぜ、これほどまでに揉めるかといえば、葬式というものが、親類や縁者、近隣の人びとの協力なしではできないものだったからだ。もちろん、お金のこともあるが、女衆の労力がなくては、賄いすらもできない。だから、その進めかたについて、それぞれ発言権があったのである。

また、親類間には、家の格というものがあって、格づけを守る必要があった。分家が本家より派手な葬式を出すなど、もってのほかだ。しかし、他家より派手にしたいという心情が働くのも人情だ。だから、競争にならないように、話しあいで牽制しあうのである。しかし、それでも抜け駆けが起きてしまうから、話はややこしくなるのだ。

女衆はなにごとも決められぬ男衆を横眼に見ながら、黙々と食事を出して、お燗をつけていた。しかも、陰ではうんざりした表情をしていた。しかし、女たちも女たちで、この間、闘っていたようだった。枕飯といわれる盛飯に立てる箸は一本か二本か？ 遺体に置く守り刀の代わりに包丁を使ってもよいか？ などなど、ややもすれば口論となっていた。けれど、男たちのような野蛮な言葉遣いはせず、女たちは、世間話のかたちを取るのだ。女たちのほうが、一枚上手なのだ。

もちろん、前例を知っている年長者が勝つに決まっているのだけれど、地域ごと、家ごとに風が違うので、やたらうるさいのである。決めゼリフは、

「そげなことしとったら、笑われるっとよ」

であった。なぜ口論になってしまうかといえば、それが女たちの覇権争いにつながっているからだ。台所は、指図する権力者、指図をさせる陰の権力者、新興の若妻代

表などがいて、つねに覇権争いの場になっていた。もちろん、建前は、なるべく古式に則り、よい葬式をするために知恵を出しあっているということなのだが——。

こうして、本通夜がはじまったが、なぜか、本通夜から告別式の記憶は、これほどまでには、鮮明ではない。いま、その理由を考えてみると、ふたつの理由があるように思われる。ひとつは、本通夜からは葬儀屋さんとお寺さんの指示にしたがって、お葬式が淡々と進められてゆくので、鮮烈な印象が残らないのである。つまり、流れ作業のようなものなのだ。もうひとつは、本通夜から告別式までは、どのお葬式でもほぼ同じなので、その後に経験した葬儀の記憶と、記憶が重なりあってしまい、入り混じってしまうのだ。「あれれ、いつの葬式だったか」と。

湯灌の記憶

ここまで書いてきて、臨終から仮通夜までの記憶が、これほどまでハッキリとたどれることに、われながら驚いている。読者も同様のことと思う。

おそらく、中学二年生という多感な年ごろに、はじめて経験した葬儀であったからだろう。初体験というものは、忘れられないものである。いわゆる男衆の最年少だったので、大人たちは一つひとつについて噛んで含めるように説明してくれていたからかもしれない。つまり、若いもんに、大人がいろいろ「しきたり」を教えてくれたのである。たしかに、その後、私は何度も葬式の手伝いをしたが、そのたびに「しきたり」の知識は役立っている。

もうひとつ、大きな理由がある、と思う。大学生、大学院生の学者修行の時代、私は万葉挽歌の研究と民俗学の勉強に取り組んでいた。だから、十三歳の記憶を大学生のときから、何度も何度もたどっていたのである。死と葬送の文学である挽歌、そして民俗社会の慣行を考える民俗学を学んでいたから、あの日々のことを、それから何度も思い出しているのである。したがって、少年の日に見聞したことを語っても、その後、私は成長もし、知識も増えているのだから、その語り手は、いまの私と考えてもらってさしつかえない。

いまから考えてみると、祖父の葬儀での経験は、十年を経ずして私の研究の原点になったような気がする。ことに、次に話をする経験は、私の脳裏に焼きついて離れない。記憶の沈殿物すなわちオリのようになっている経験を、これから語ろうと思う。

話は、仮通夜が終わり、男衆の相談が終わった八月十七日の早朝に戻る。大人たちは、酔い潰れて寝ていたが、私は興奮して、一睡もしていなかったと思う。すると、母が遺体のある座敷に来い、と手招きしているではないか。「ユカン」をするというのだ。

私は、「ユカン」という言葉すらも知らなかったので、

「なんばすっと」

と言った。すると母からは、

「じいちゃんば、風呂に入れるったい」

とそっけない答えが返ってきた。

そういえば、祖母は朝からお風呂を沸かしていた。「湯灌」は、女たちの仕事で、

妻と娘がおこなうのが、この地のしきたりであった。その手伝いをなぜ頼まれたかといえば、私は男衆の最年少者であり、母や祖母からすれば、正式な男衆に見られていなかったからであろう。

たしかに、私は女衆のいる台所にもたびたび出入りしていた。というより、出入りを許されていた。十三歳というのは、微妙な年ごろなのだ。

男たちが、疲れはてて寝ている隙に、母と祖母は湯灌をすませようということらしい。男衆に湯灌を見せたくないようなのだ。なぜか、見せたくないようなのだ。その理由について、私なりにいま考えている推論については、あとで述べることにして、湯灌の次第をまずは語ろう、と思う。

母と祖母は、遺体を抱き起こして、背負おうとしたけれども、そう容易に動くものではない。

二人は、

「じいちゃん、風呂ばい、じいちゃんの好きな風呂ばい」

と言って力を入れるけれど、抱き上げて背負うところまではゆかないのだ。

ここで母は、

「誠、申しわけなかばってん」

と言った。しかし、私は私のほうで、足がすくんでしまっていて、手伝いたくても、立ちつくすばかりである。

するとの、祖母は、私の肩にバスタオルをかけてくれた。バスタオルを被って背負えと言う。そうすれば、遺体の冷たさを感じなくてすむということなのだろう。こうなったからには、しようがない。私は意を決して遺体を背負うことにした。もちろん、左右には、母と祖母がついている。

それは、背負って、立ち上がった瞬間のことだった。祖父の右手がだらりと下がり、私の頰を撫でたのである。冷たい肉の感触。なにごともなかったかのように取り繕おうとすればするほど、その感触を思い出してしまう苦しさ。初めて知った、死者の感触である。

三人は、大汗をかきつつ、右に左によろけながら、脱衣所になんとかたどりついた。寝間着を脱がせると、やせ細った老軀が露わになる。元気なときを知っているだけに、私にとって、それは見たくない姿だった。そうして、おむつが取りはずされると、だらりとした性器が見えた。私は必死に平静を装いつつ、脱衣所から祖父の体を浴室へと運んだ。浴室では母が身体を支え、祖母がお湯をかけるのだが、二人は始終なにかを語りかけていた。二人が気にしていたのは、大便でお尻が汚れていないかということだった。

「お尻をくさ、よーと洗わんといかんもんねぇ。洗わせてねぇ。おじいちゃん。おじいちゃん」

こう言いながら、二人は念入りにお尻を洗っていた。すると、なにかの拍子に腹中にたまっていたガスが、ブッと出た。まるで、生きているかのように。私と母が、顔を見合わせたのはいうまでもない。すると祖母は、子どもをあやすかのように、

「死んでも、おならは出るとね。最後っ屁ばしたとねぇ……」

と祖父に声をかけていた。たしかに三人は笑ったが、もちろんそれは作り笑いである。

そして、当時の私としては、聞きたくないセリフが耳に飛びこんできたのである。

母は、

「チンチンもよう洗わんかったら、あの世にいけんとよ。よう洗おうねぇ」

と言いつつ、洗っていた。

私は、ブッというおならの音を聞いて以降、浴室内を直視できなくなっていた。死者の沐浴は、ものの十五分くらいのことであったろうが、私にとっては、果てしもなく長い時間だった。イヤな時間だった。沐浴が終わり、浴室から脱衣所に遺体を引き

上げるのも、当然私の仕事である。「あぁ」と思いつつも、こんどは、少し遺体の扱いに慣れたのか、うまく運べた、と思う。

かぎりない愛おしみと怖れ

脱衣所では、あらかじめ用意されていた新しい浴衣を、祖父は着せてもらっていた。新しい浴衣に着替えた祖父に、祖母は、

「じいちゃん。久しぶりの風呂やろが、よかったねぇ。新しいべべ着てどこに行くとね。あの世ね。男前になって、あの世に行かないかんもんねぇ」

と言いつつ、髪を梳（くしけず）っている。それから、母たちは、私にはわからない不思議なことをした。祖父の着ていた寝間着を、さっと水洗いし、バケツに入れて、そこに水を注ぎこんだのだ。聞けば、四十九日の法事がすむまでのあいだ、水につけておくというのだ。

どうしてこんなことをするのだろうと思って聞くと、母たちは私にこう説明してくれた。その理由は、あの世に行くときに、熱い熱い火焔地獄を通るので、衣を水に浸しておかなければ丸焼けになるのだという。つまり、濡れた衣を着て火焔地獄を通るからだというのだ。女二人は、その手助けをしてやっているということらしい。

そうして、母たちは、最後に祖父の髭を剃った。シェービングクリームを付けて、髭を丁寧に剃ってゆくのだ。最後に祖父の顔を入念に拭き終ると、祖母は、すまなそうな表情でふたたび私を見た。私は大きく頷き、また祖父を背負った。

帰りは、こんなものかと思い、覚悟して祖父を背負って座敷に戻った。観念して、しっかり背負ってしまうと、「はぁー、なーんだ」と思うほど軽いのだ。すると母は、

「あぁー、まあちゃんに背負われて、よかねぇー。よかねぇ。孫に背負われてどこに行くとね」

と声をかける。まるで赤ちゃんだ。

こうして、ようやく座敷の布団に寝かしつけることができた。寝かしつけたとたん、三人は、そこで腰を抜かしてしまった。座りこんでしまったのだ。ぷっつりと緊張の糸が切れてしまったのだ。喉がやたらに渇いて、声も出ない。動こうにも、立ち上がれない。

どれくらいの時間が経ったかわからないが、祖母が「立つばい」と言った。それから、どうしたか。ようやく立ち上がった三人は、まず風呂をきれいに丁寧に洗い流した。流し終わると、それまでに着ていたものをすべて脱いだ。下着までもだ。私も言われるままに用意されたシャツとズボンに着替えた。

とにかく、ここで全員着替えをしたのである。すると母は、脱いだ衣服を一瞥し、さっさとひとつの袋に入れてしまったのだ。そして、持ってきたマジックペンで、袋に大きく×印を書き、さらにまた大きく「焼却」と書きこんだ。

では、それらの衣服はどうなったのか。後日、私が祖父を背負ったときに肩にかけていたバスタオルや祖父の体を拭いたタオルといっしょに、裏庭で燃やされたのである。燃やしたのはたぶん父と兄だったと思う。母が、脱ぎ捨てた衣服の入った袋に×印をして、焼却と書いたのは、なぜか？　まちがってお手伝いの女衆が洗濯するのを恐れたからであった。

母は私に、湯灌に使ったものは、穢れているからね、とさらりと言った。どうして湯灌のときに着ていた服は穢れるのかぁ、と疑問に思ったが、なぜかそのとき、私は理由を母に聞かなかった。なんとなく、聞いてはならないことだと思ったからだ。もちろん、いまはわかっている。

男衆は、それからほどなくして起床してきた。ずいぶん大人たちは朝寝をしたなぁ、と私は思った。男たちは、

「あぁ、湯灌は終わったとね」

と祖母と母にたいして口々に聞いてくる。座敷の遺体にきれいな浴衣が着せられて

いたからである。

また、バケツのなかの水に浸された寝間着を見ると、

「炎のなかを通るとやから、熱かろうねぇ。助けてやらにゃ、いかんばい」

などと口々に言いあっていた。私たち三人は、男衆がなにも知らない間に、苦労して湯灌を終えていたのだから、いい気なもんだ、と思った。けれど、どうも男たちは、うすうす知っていたようだ。四十九日の法要の折に知らされたのであるが、男たちは湯灌が始まったとわかっていても、寝たふりをしていたようなのである。そういえば、男たちは、私たち三人にたいして、口々に、

「男は、えずがって、湯灌はしきらんもんね」

と言っていた。たしかに、私も足がすくんだし、半世紀近く経ったいまでも、思い出すと身震いしてしまう。

では、なぜ男衆は湯灌を手伝わないのか。男は怖がるから、湯灌は女の仕事だから、男は湯灌に携わらないのだと言われて、大人になるまでなんとなくそう理解していた。しかし、大人になって、それだけが理由ではないと思うようになった。うまく説明できるかどうか、わからないけれど、いま、漠然と思っていることを話してみよう。

女たちからすれば、ひょっとすると、湯灌には別の意味があるのかもしれない。女たちは、湯灌の最中に、まるで赤ん坊をあやすかのように、祖父に声をかけていた。その姿を見られたくなかったのではないか。つまり、女たち、ことに妻にとって、愛する人の身体を愛おしむ最後の時間であり、そういう愛の行為を他の男に見られたくないと心の奥で思っていたのではないか。

ジョルジュ・バタイユが説いた宗教とエロチシズムの議論や、死体性愛の知識をここで持ちだす必要性はないだろうが、動かなくなった身体を愛撫するかのように洗い、赤ん坊をあやすかのように声をかけているのを見た私としては、そこにかぎりない愛おしみのようなものを感じずにはいられないのだ。

反面、女たちも死体に触る恐怖と必死に闘っていた。私とて、湯灌の手伝いはおぞましい経験として、いまも記憶に残っている。死体の感触は、いまもって恐怖である。死者への敬いの気持ちはあるのだが、どうしても怖いのである。もちろん、死者が女であることもあるのだから、私の考えは幻想といえなくもない。ただ、たとえ死者が女であったとしても、それは死せる人の体を愛おしむ行為であるということは、まちがいなかろう。

この感情をどう整理すればよいのだろうか。「えい、やぁ」と思いきって単純化し

てしまうと、

▽かぎりない愛おしみ↓「愛惜」

▼かぎりない怖れ↓「畏怖」

となろうか。まことに安易といえば安易だが、このふたつの感情が、同時に胸に去来していたのではないか。私の感覚でいうと、愛惜と畏怖の気持ちが、胸のなかで突如として夏の入道雲のようにもくもくと大きくなって、自分では手に負えなくなる状況に陥って、呼吸ができなくなるような感覚なのである。

愛惜と畏怖、それは、あい矛盾する感情ではないのか。しかし、あのときにかぎっては、矛盾しなかったのか。いや、矛盾してはいたけれど、それを私は自分自身で押し殺していたのか。いま、軽々に判断を下したくはない。下せるものでもなかろう。

イザナキとイザナミ

十三歳のときの経験は、その後の経験や学問修行のなかで、語るべき言葉を持つようになっていった。だから、これまでの語りも、十三歳の記憶を、いまの私が再編集した記憶にすぎない。十三歳の私の心にあった「もやもや」としたものが、言語化されてゆく過程があったのだ。

だいいち、十三歳の私は、「ユカン」という言葉も「アイセキ」という言葉も「イフ」という言葉も知らなかった。体験はしても、語るべき言葉がなかったのだ。が、しかし。言語化し、語り出したとたんに、心のどこかで嘘をついているような気分になってしまうから不思議なものだ。

もちろん、このように原稿に書くと、ますます嘘をついているような気分になる。正確に詳細に語ろうとすればするほどに、嘘をついているような気分になる。いや、いや、違う。それは嘘そのものだ。言葉というものはすべて嘘だ。体験したいま＝「そのとき」「ここ」ではないのだから。では、私は、あの体験を語る言葉をどのように獲得していったのだろうか。それは、神話との出逢いによってであった、と思う。神話の知が、私に経験を語る言葉を与えたのではないか。

音楽、絵画、技芸、学問、文学は、広くいえば、人間の知のかたちのひとつにすぎない。あるいは、知の様式のひとつといえるかもしれない。神話も昔話も、広くいえば人類のひとつの知のかたちであり、神話には神話が伝える「知」というものがあると、私は思っている。

神話といっても、『古事記』『日本書紀』という書物は、いわば古代日本の史書、史伝である。中国文化の影響下に形成された古代東アジア文化圏では、各地域の歴代の王朝は、みずからの王朝の正統性を主張するために、史書、史伝の編纂をおこなった。『古事記』『日本書紀』も、そのひとつである。

ただし、中国の史書、史伝と異なるところがひとつだけある。それは、神話が収載されているという点だ。『古事記』『日本書紀』の場合、神話と歴史が連続しているのである。おそらく、原初的には、神話こそ歴史であり、歴史も神話によって語られていたことを考えあわせると、『古事記』『日本書紀』の神話は、神話と歴史が分離する直前の知のありようを化石のように残しているといえるのではないか。史なるものの古態ともいえよう。

しかしながら、当時の中華世界から見れば、まったくもって後進的な知のありかたを示しているともいえる。要するに、文明社会から見れば、日本の古代神話など、幼稚な未開社会の言い伝えなのだ。また、それゆえに尊いといえるだろう。どこの国、地域、共同体、集団の神話も、神話というものは、もともと神、人、国土などの起源を、聖なる物語によって説明するという役割を担っていた。

国土についていえば、国土形成神話がそれにあたる。では、『古事記』『日本書紀』の伝える国土形成神話の特徴はどこにあるのだろうか。

それは、男女二神の性交によって、国土が生まれたと物語る点にある、と断言できる。

イザナキノミコトが、「あなたの体はどのようにできているのですか」とイザナミノミコトに問いかけ、イザナミノミコトが、「私の体は、できあがりましたが、でききらない未完成のところが一ヵ所あるのでございます」と答える。すると、イザナキノミコトが、「私の体は、できあがりましたが、できすぎて余ったところが一ヵ所あります。だから、私の体の余ったところをあなたの未完成の部分にさして塞いで、国生みをしようと思うのですが、どうでしょうか」と応じる、あの国生み神話である。男女二神の結婚によって、国々とその国を支配する神々が次々にセットで生まれてゆく、あの神話だ。

国生み神話は、国土の起源を語るものであると同時に、性愛の起源を語る神話ともなっている点に、ここでは注意を払っておきたい。私の体の余っているところを、あなたの体のできあがっていないところにさして塞いで国生みをするというのであるが、そのときに男女二神は、こう声をかけあう。

▽男神／イザナキノミコト↓あなにやしえをとめを（あぁ、なんと美しい女であることよ）

▼女神／イザナミノミコト↓あなにやしえをとこを（あぁ、なんとりりしい男であることよ）

男神と女神が、互いに互いを愛おしむ言葉をかけあって、天地を結ぶ天の御柱という柱をめぐるのである。イザナキノミコトは左から、イザナミノミコトは右からめぐりあって、出逢ったところで性交し、子たる国土と神とが、次々に生まれる話となっている。性愛はこうしてはじまったのである。この国生み神話は、イザナミノミコトが火の神を生み、女性器が焼けただれて死ぬことによって終わる。この国生みタイプの神話は、女性神が死ななくては終わることができないのである。

しかし、あきらめきれないイザナキノミコトは、死者の国である黄泉国（よもつくに）まで、死せるイザナミノミコトを追ってゆくのであった。ここからは、人間の死の起源を語る黄泉行（よみこう）神話となってゆく。国土、性愛、死の起源は、ひとつづきの語りのなかで語られているのである。国生み神話と黄泉行神話はつながっているのだ。その黄泉行神話は、死せるイザナミノミコトと、生者イザナキノミコトの愛憎と別離の物語として語られてゆく。『古事記』上つ巻のこの部分を、拙訳で示してみよう。

　イザナキノミコトは亡くなった女神にもういちど会いたいと思われて、後を追って黄泉の国へ行かれたのです。そこで、女神が御殿の閉ざしてある戸から出てお出迎えになりましたときに、イザナキノミコトはこう仰せられました。「最愛のわが妻よ、あなたとともに作った国はまだ作り終わっていない。だから帰ってきてほしい」と。しかるにイザナミノミコトがお答えになることには、「惜しいことでございました。早くいらっしゃらないので、わたくしめは、黄泉の国の食物をもう食べてしまいました。しかし、あなたさまがわざわざおいでくださったことは、まことにおそれおおいことでございます。黄泉の国の神さまに相談をしてみましょう。しかし、そのあいだ、わたくしをご覧にならないでくださいね」

とお答えになりまして、御殿のうちにお入りになったのでした。

ここで注意したいのは、イザナキノミコトは、「最愛のわが妻よ」と呼びかけているところである。書き下し文を示すと、「愛しき我が汝妹の命」となる。「愛おしい私のあなたであるところの妹（妻）よ」と呼びかけているのである。つまり、イザナキノミコトは、死せるイザナミノミコトにも、愛の言葉をささやいてから、語り出すのである。

死者の国、生者の国

ところが、二人の関係は、まもなく破綻してしまう。イザナミノミコトが、私の姿を見ないでね、と言ったにもかかわらず、それをイザナキノミコトが見てしまったのだ。妻の死体は、見るも無惨な姿になっていた。

しかし、なかなかイザナミノミコトはお出でになりません。イザナキノミコトは、待ちかねてしまい、左の耳のあたりに束ねた髪にさしていた清らかな櫛の太い歯を一本欠いてひとつ火を燭(とも)して入ってご覧になってしまいました。すると、なんと蛆(うじ)がわいて、ごろごろと鳴いているではありませんか。頭には大きな雷がおり、胸には火の雷がおり、腹には黒い雷がおり、陰(ほと)には析雷(さくいかづち)がおり、左の手には若い雷がおり、右の手には土の雷がおり、左の足には鳴る雷がおり、右の足には寝ている雷がおって、合わせて八種の雷が出現していたのです。

これは、いわゆる禁室型説話と呼ばれるもので、ギリシャ神話のオルフェウスの話や、鶴の恩返しと同じ筋書きの型を持っている話だ。女が見ないでほしいと懇願したものを男が見てしまい、幸福がむなしく瓦解してしまう話である。

妻の死体に蛆虫がたかり、恐ろしいものの代表である雷神がいるのを見たイザナキノミコトは、咄嗟（とっさ）に逃走をはじめてしまう。突然の夫の逃走を見たイザナミノミコトは、こう言ったのであった。

「吾に辱（はぢ）見せつ」

この部分を直訳すると、「私に恥を見せてくれたわね」となる。これは、見ないでねと懇願したにもかかわらず、夫イザナキノミコトが、死せる己の姿を見てしまったことを問題としているわけではない。見た後に逃げ出してしまったから、妻イザナミノミコトは怒ったのだ。つまり、妻イザナミノミコトは、夫イザナキノミコトが自分から逃げ出す姿を見ることによって、みずからの醜さを思い知らされたのだ。逃走こそが裏切りの行為だったのである。罪罰は、神や人との契約の上に成り立つものであるから、罪と罰の関係は、固定的関係にある。たいして、恥は相対的な人間関係によって成り立つものなので、流動的なものである。

夫が逃走した瞬間に、妻は夫を殺害しようとした。唐突だが、この部分には、なんらの注記もない。説明もされていないのだ。むしろ、ここは注記がないことに注意を払うべきであろう。『古事記』は当該部分を、あたりまえのこととして、描いているのである。神話は、あくまで愛憎の反転をあたりまえのこととして語っているのである。現代人のわれわれが違和感を感じてしまうのは、愛憎を一貫した個人の意思として捉えようとするからだ。古代の人びとは、現代人ほど、個人の意思というものを信頼していないのである。

恥と見る見られるの関係図

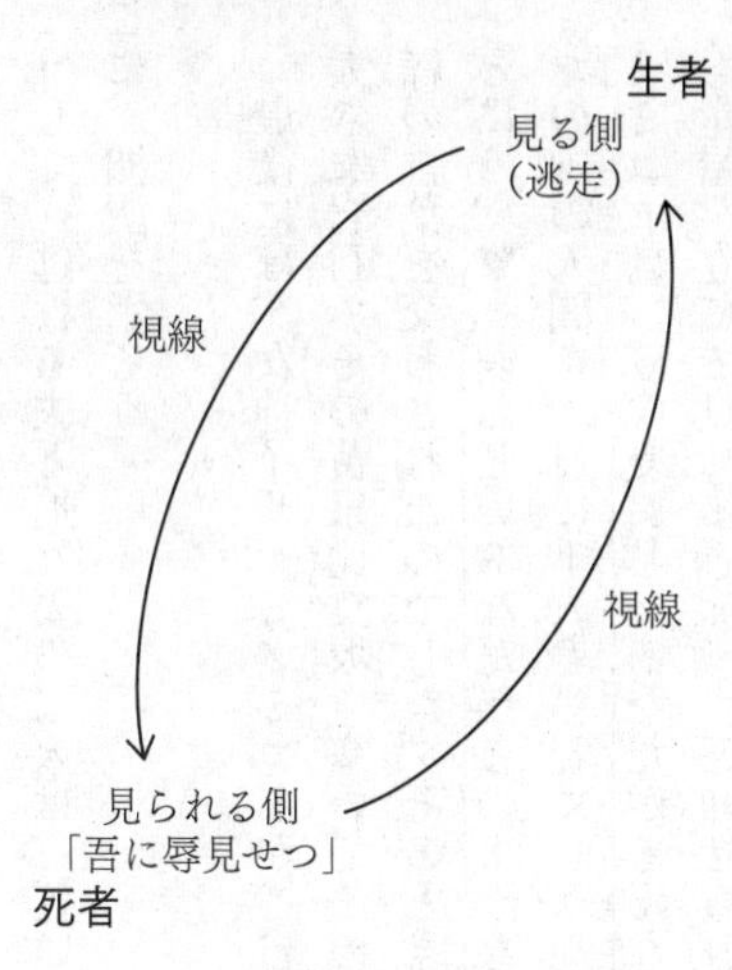

※恥は見る側と見られる側の関係によって生ずるという性格をもつ。
生者の死者からの逃走は、生者と死者が同一世界においては共存し得ないことを表象している。

こうして、逃げる夫と追う妻の二人は、互いに絶縁の言葉を吐きあうことになる。ここに、拙訳を示そう。

最後には、女神イザナミノミコトがご自身で追っておいでになりましたので、大きな岩石でその黄泉比良坂(よもつひらさか)を塞いでその石を中に置いて両方で向かいあって絶縁の言葉を交わされたのでした。そのときに、イザナミノミコトが仰せられたことには、▼「愛おしいあなたがこのようなことをなされるのでしたら、私はあなたの国の人間を一日に千人も殺しましょう」といわれました。そこで、イザナキノミコトは、▽「愛おしいあなたがそんなことをするのなら、私は一日に千五百も産屋(うぶや)を立てて見せましょう」と仰せられたのでした。こういう由来があって、一日にかならず千人死に、一日にかならず千五百人生まれるという掟ができたのです。

つまり、この部分は、人間がなぜ生まれ、なぜ死ぬのかということを説明する話になっているのである。

二人は絶縁の言葉を述べあうにあたっても、まず相手を愛おしむ言葉をささやきあって、語り出すのだった。互いに愛の言葉を忘れないのだ。ここは、おそらく口伝えに神話が伝えられていた時代の口調をそのまま留めている部分だと思われる。稗田阿礼の語り口調を、太安万侶も、なるべく忠実に、その言いまわしをも忠実に書き留めようと工夫したはずだ。傍線部分の書き下し文を記すとこうなる。

▼愛しき我が汝兄の命、かくしたまはば
▽愛しき我が汝妹の命、汝、然したまはば

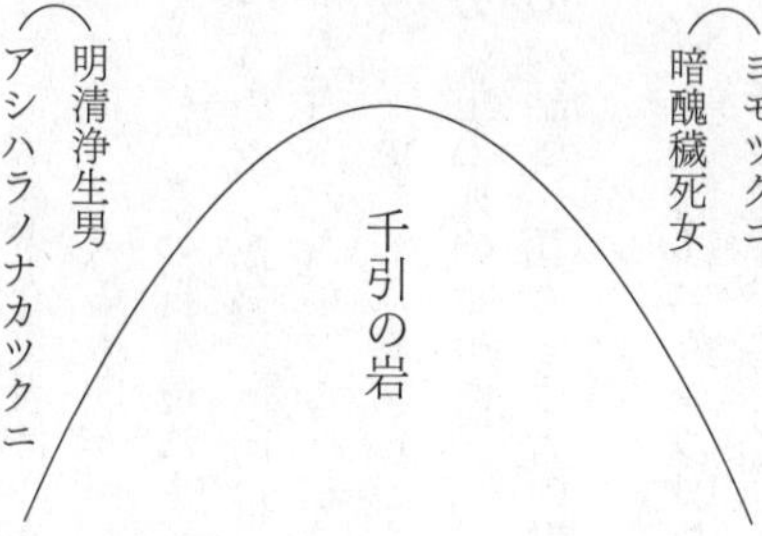

性愛によって結ばれた男女二神は、絶縁のときにいたっても、愛の言葉を忘れずに述べあって、相手を攻撃しあったのである。死の世界に住む己の醜さを夫の逃走によって見せつけられた妻。妻の愛は一瞬にして憎しみに変わり、夫を殺そうとする。死者はみずからの醜さを見せつけられて恥じ、生者を道連れにしようと追いかけはじめる。生者は、当然、決死の逃走をはかる。

『古事記』の他界観

（ヨモツクニ
暗醜穢死女

千引の岩

（アシハラノナカツクニ
明清浄生男

こうして、死者と生者は今生の別れのときを迎えるのであった。生者の国と死者の国の境には、千人の人間が引かなければ動かすことのできない巨大な石（千引の岩）が据えられ、この日を境に生者と死者は、互いの国を行き来することができなくなってしまうのだ。以後、この折の絶縁の言葉の定めにしたがい、一日に千人の人が死に、千五百人の人が生まれることになった、というのである。これが、生と死の起源を語る、イザナキノミコトとイザナミノミコトの物語のあらましである。人の、人たるものの生と死の定めだ。

この神話は、死者と生者の世界をじつに対照的に描き出そうとしている。

▼死者の国は、黄泉の国で、暗く、醜く、女性神イザナミノミコトの支配する国

▽生者の国は、葦原の中つ国で、明るく、清く、男性神イザナキノミコトが支配する国

死者の国は、あくまで、醜く、穢れたところなのである。黄泉の国より葦原の中つ国に帰ったイザナキノミコトは、「吾は、いな醜め醜めき穢き国に到りてありけり。かれ吾は御身の禊せむ」と言って、「竺紫の日向の橘の小門の阿波岐原」で禊ぎ祓え

をおこなう。

そうして、身につけていたすべてのものを払い去り、棄て去ってしまうのである。杖、帯、袋、衣、はかま、冠、左の手の腕輪、右の手の腕輪。

死者の国を訪問した際に身に着けていたこれらのものを棄て去ってしまうのであった。それは、死者の国は、穢れた国だからである。もちろん、『古事記』『日本書紀』の神話は、無限に神が生まれる神話として語られるので、棄てられたものたちも、次々に神々へと転生してゆく。国生みと生死の起源の神話の終着点は、なんと禊ぎの起源を語る物語となっているのだ。

愉楽の行為

授業でこの神話を読んでも、学生たちはなかなか納得してくれない。そして、必ず次のような質問が私のもとに寄せられる。

・なぜ、夫イザナキノミコトは、妻イザナミノミコトを愛しているのに、死体を見ると怖気づいて逃げてしまったのか？
・なぜ、妻イザナミノミコトは、夫イザナキノミコトを愛しているのに、殺そうとしたのか？
・なぜ、夫は妻を愛しているのに、死の国を穢れた国として蔑むのか？
・愛する妻の国なのに、たとえ死者の国から帰ってきたとしても、なぜ、あからさまに禊ぎ祓えをしたり、身に着けているものを棄て去ってしまうのか？
・そういった行為は、愛する人にたいして失礼ではないのか？

私は、学生からこのてあいの質問をされると、いつも不機嫌になっていた。教えた私にとっては、してほしくない質問なのだ。

では、このてあいの質問に私は教師としてなんと答えていたか。私はこう答えていた。

「かぎりない愛惜と、かぎりない畏怖は表裏一体だと授業中に教えたではないか。近代的な感覚で考えてはだめです。君たちは、近代的思考で神話を読もうとしている。それではだめなんだ――」

と、つっけんどんに答えていた、と思う。まるで捨てゼリフを吐くかのように。

しかし、いまはちがう。質問にたいして、そういう不誠実な答えかたをしていた自分の浅はかさを深く恥じている。自分たちがなぜ違和感を感じてしまうのか、それはなぜなのかということを、考えねばならなかったのだ。私のこの答えでは、思考の停止をうながすことになってしまう。学生諸姉諸兄よ、愚かなる教師を赦したまえ。

祖父の湯灌をした日、祖母も母も私も、誰ひとりとして平然とそれをなすことのできた者はいなかったではないか。怖かったし、とにかく不気味だった。

終わったとたんに、三人とも腰を抜かして座りこんでいたではないか。湯灌の折に、着ていた衣服は穢れたものだと言って、みな焼いてしまったではないか。

しかし、それぞれに、自分の心を自分自身でなんとか納得させながら祖母も母も私も、湯灌をやっていたまでのことなのだ。その体験を、浅はかな学問修行を通して整理して語れば、「愛惜」と「畏怖」という言葉に落ち着くだけのことだ。

するどく対立し、殺そうとしている相手にも、愛の言葉をささやきあっていたイザナミノミコトとイザナキノミコト。そういった矛盾を抱えこむ心のありようこそが大切なのであって、分析用語のレッテルを貼って満足し、思考停止してはならないのだ。

愛する人の住む黄泉の国から帰っても、その穢れを一刻も早く取り去ろうとする心について、違和感を持たなかったとしたら、私たちはいまを生きていないということになるではないか。自分が感じる違和感に思いを馳せないかぎり、私たちは神話から偉大なる知の遺産を受け取ることはできないのだ。

賢明なる読者は、もう気づいているはずだ。祖母と母は、湯灌という儀礼を隠れ蓑にして、朽ちはてようとする祖父の体を愛撫していたのかもしれない。また、赤ん坊をあやすかのような言葉で、死せる祖父の心を愛撫していたのかもしれないのだ。

生まれてきた赤ん坊の産湯は、赤ん坊を洗い清めるという仕事を隠れ蓑にしているだけのことだ。それは、大人が生まれてきた赤ん坊の体を愛撫して、その感触を楽しむ愉楽の行為なのである。だから、祖母と母は、その愛の行為を他の男には見せたくなかったのではないか——。なぜならば、その行為は生きている男たちの嫉妬心に火をつけるからだ。

女たちは、死者と女だけの空間を作ろうとしていたのではないか。おそらく、十三歳の私が呼ばれたのは、まだ男になりきっていなかったからであろう。

私が、以上のごとくに思うようになったのは、『古事記』『日本書紀』の神話が、私の鈍感な心を刺激してくれたからである。神話と神話にかかわる学問修行を通して、私は十三歳のときの経験について、語るべき言葉をようやくここに獲得した。が、しかし。語ってしまったその瞬間から、あとかたもなくそれは嘘になってゆく。

こんなことを考えるのは、私が古代文学を専攻する古典学徒だからだろうか。いや、そんなことは、あるまい。人は、古典に拠らなくても、なんらかの機会を通じて、体験を語る言葉を得てゆくものだ。たとえば湯灌体験を語る言葉は、キリスト教の宗教美術からも引き寄せることができるはずだ。

「ピエタ」とは、聖母マリアが、ゴルゴダの丘の十字架でこと切れたイエスの体を抱

サン・ピエトロのピエタ

いた姿を描く宗教画、宗教彫刻のことである。磔刑に処され、傷つき、骸（むくろ）となったイエスを抱きかかえる聖母マリア。ピエタは、イエスの人生の総体を慈悲の心で受け入れた聖母の姿を表現しているのである。

一方、このピエタに、マグダラのマリアを描く場合もある。マグダラのマリアは、香油でイエスの遺体を清めようとした取り巻きの女のひとりだ。不謹慎だが、私は、香を塗るという行為は愛撫するための方便だと思っている。マグダラのマリアは、まるでイエスの恋人のようだ。

また、ミケランジェロの「サン・ピエトロのピエタ」を見るがよい。イエスよりも聖母マリアのほうが若く見えてしまうではないか。まるで、恋人の遺体を抱いているように。日々刻々と朽ちはてる遺体を愛おしむように抱くピエタ像を見ると、私はあの浴室でのことを、ふと思い起こすことがある。

ピエタは、マリアとイエスを描くという点において、聖母子像のひとつのかたちといえるが、赤ん坊をやさしく抱くマリア像もまた慈悲の象徴であることはいうまでもない。死体になるということは、大きな赤ん坊になるということなのだ。食べ物もおむつも、女人の手がなくてはままならぬ赤ん坊と同じ体になるのではないか。したがって、ピエタの聖母子像も、私にあの日の体験を語るべき言葉を与えてくれるのだ。

イエスは、マリアとマグダラのマリアに見守られて、復活をし、永遠の命を得た。比べるのも不謹慎なことだが、祖父はあの世に旅立ち、祖母と母のおかげで火焔地獄の炎を乗りきることができた、と私は信じている。

茶碗割り

告別式が終わると、いよいよ、祖父の遺体が、住み慣れた屋敷から離れるときがやってきた。遺体を霊柩車に乗せて火葬場に運ばなくてはならないのである。

この出棺時に、当地では「茶碗割り」という風変わりなならわしがある。それは、本人がふだん使用していた飯茶碗を割る儀式である。棺を担いで屋敷地を出た瞬間に、躊躇（ちゅうちょ）なく割るのがよいとされている。勢いよく地面に投げつけられた茶碗が、パリンと音を立てると、祖母は、こうつぶやいた。

「じいちゃん、もう、あんたん茶碗は、帰ってきても、この家にはなかとやけんね」

そうして、棺を左回りに三回転、右回りに一回転させて、霊柩車に乗せるのである。土葬のころは、こうして葬列を組んで埋葬地まで遺体を運んだのであった。『古事記』『日本書紀』の神話に毒されたいまの私には、それはイザナミノミコトの絶縁の言葉のように聞こえる。

「茶碗割り」の儀式は、もうこの屋敷地に、死者が戻ってくることができないようにするためだという。少なくとも、私は葬式のたびに、そう説明されているのを聞いている。つまり、ここはもう、あなたの住みかではないのだということを死者にしっかりと知らせる儀式なのである。

もちろん、儀式、儀礼の解釈というものは、その時々になされてゆくものである。だから、この解釈もそのひとつでしかない。しかし、まるで死者をいじめるかのように、使用していた茶碗を割り、棺を回転させて帰り道がわからないようにするのは、なぜなのだろうか。

それは、この出棺のときこそ、生きていた時代の住みかとの最後の別れであるということを死者に儀式で言い聞かせるためであろう。イザナキノミコトとイザナミノミコトが絶縁の言葉を吐いて別れたように。もちろん、盆行事などを通して、死者と生者が交わることはあったとしても、出棺のときこそ、今生の別れなのだ。こうして、祖父は、郊外の火葬場で、茶毘（だび）に付された。

茶毘に付された骨をはじめて見たときの衝撃、それはいまも忘れえぬものだ。骨拾いのとき、父は私にだけ聞こえるように、こう言った。

「死んだらカルシュームやもんね」

父は、死ということの殺伐とした現実を教えこもうとしたのか。私の家は、とりたてて信心深い家ではなかったが、その当時は七日ごとの法要に、ほぼ家族全員が集まっていた。七日ごとにくりかえしくりかえし語られる祖父のこと。同じ話を何度も何度も私たち三兄弟は聞かされた。ひょっとしたら、語ることのほうが読経などよりも、大切な死者への供養だったのかもしれない。語られることで、死者の心は慰撫されるからである。少なくとも、私は私のいまの言葉で、祖父のことを語っている。それは、私なりの祖父への供養だと思う。

　こうして四十九日の法要の後、骨となった祖父は、墓に入ったのである。四十九日は、女衆も骨休めをしなくてはならないということになって、食事は仕出し屋に頼んだ。このときばかりは、奮発していたように思うが、なにを食べたか、記憶が定かではない。

　四十九日の折のこと、男衆は、しきりに戒名料（かいみょうりょう）のことを噂しあっていたが、父も祖母、母も、口を閉ざして、その値を語らなかった。その金額は、いまもって謎である。院号もついているので、当時それなりの値段はしたと思うけれど。また、葬儀屋への支払いがいくらだったかも謎である。それにしても、昔の人は噂しあい、互いに探りを入れていたものだと思う。あれや、これやと。

　さて、ようやく祖父は墓に入ったわけであるが、この「上野家累代之墓」は、驚くべき墓であった。しかも、それは、のちにはわが家の重荷となってゆく墓なのであった。次の部では、わが家の墓の百年、その悲喜こもごもを語ってみたい、と思う。

墓じまい前後

こげな立派な墓はなかばい

祖父が建てた墓というのは、なんと二階建てであった。つまり、一階部分に納骨室を作り、その上に墓を建てたのである。

納骨室は、五、六人ほどが立ったままで入ることができた。内部は総タイル張り。木製の棚が備えつけられていて、骨壺が並べられるようにしてあった。墓の後方にあった戸は、重い鋼鉄製扉である。その納骨室の上に、お墓があって、当然石段を使って登るのだ。

七、八段登ると、石の門がある。それも、アーチ型だから梁(はり)があるのだ。そして、石門からぐるりと四方に石垣がめぐらせてあった。石塔の前には、石畳の空間があって、立てば十名、座れば五、六人がいられるスペースがあった。拝礼をおこなう前庭ということだろう。

前庭の左右には、石灯籠が置かれていたが、くすんだ緑色の大理石製である。石塔の頂上には宮型の屋根があって、正面には「上野家累代之墓」と書かれていた。この

「上野家累代之墓」なる書は、菩提寺の宗門の管長の筆になるもので、米三十俵を寄進の上、高額の揮毫料を払ったとわが家では語り伝えられている。

石塔は、三段の台座の上にあって、台の中央には焼香台があって、左右には備えつけの花器もあった。どちらも石製である。焼香台から石塔の頂上まで二メートルはあったから、地面から測れば四メートル以上の高さがあった、と思う。ここに書いて示すのもおぞましいが、わが家の人びとは、この墓を心の底から誇りにしていた。

「こげな立派な墓はなかばい。家一軒分の金ば、じいちゃんは使うとりなさるとばい」

一九三〇（昭和五）年に建てられた墓は、当時としては地域で群を抜くものであった。こののち、わが家を上まわる墓も数基できたが、祖父は建立当時、この地域でいちばん大きく、デザインにも石にも凝った豪華な墓を作ろうとしていたのである。そして、みずからもその墓に遺骨となって入ったのであった。

大学生の時分だったと思うが、私は祖母に、うちの家はどうしてこんなに大きな墓なのかと尋ねたことがある。祖母の答えは、意外なものであった。

「昔は、家と家との縁組をしたり、嫁に取ったり、養子を取ったりするときはたい、相手の家の墓を見に行ったもんばい」

祖母が言うには、立派な墓といわなくても、墓を大切にする家はよい家だ。だから、立派なお墓を作ること、お墓の掃除をちゃんとしておくことが大切だと力説していた。しかし、この答えでは、なぜこれほどまでにうちの墓が大きいのかという答えにはなっていない。私に向かって、墓にたいする考えかたを教えこもうとしただけではないか——。

やはり、このことを考えるためには、わが家の歴史について語る必要があるようだ。

いま、眼にすることのできる過去帳が、事実を伝えているとするなら、わが家の系譜は、江戸時代中期からたどれることになる。もともと、この地域の特産品である蠟(ろう)を扱う商いをしていたというが、明治期には呉服商を営んでいた。呉服というと聞こえはよいが、高級なものではなく、普段着と小物の商いである。小商人といってよいだろう。

※左表ですべての呼びかたは、「私」＝筆者を基準とする呼称である。曽祖母の時代には、すでに直系家族であったが、長男相続と決まっていたわけではなく、原則は長男であっても、次男以下が家督を相続することがあったようだ。1920年から1970年代までは、直系家族は同居するも、実際は本店、支店のそれぞれの店舗に住みついていた。

◆わが家の歴史年表

西暦／元号	で　き　ご　と
1855（安政２）年	曽祖父誕生。
1858（安政５）年	曽祖母誕生。
1881（明治14）年	曽祖父と曽祖母、結婚。
1882（明治15）年	曽祖父、家督相続。
1895（明治28）年	祖父誕生。
1900（明治33）年	祖母誕生。
1920（大正９）年	祖父と祖母、結婚。 父誕生。
1922（大正11）年	母誕生。
1926（大正15/昭和元）年	２月、曽祖父隠居により、祖父家督相続。
1930（昭和５）年	祖父、上野家累代之墓を建立。
1934（昭和９）年	曽祖父死去。
1942（昭和17）年	曽祖母死去。
1946（昭和21）年	父と母、結婚。
1947（昭和22）年	兄誕生。
1950（昭和25）年	姉誕生。
1960（昭和35）年	私誕生。
1972（昭和47）年	姉結婚。
1973（昭和48）年	祖父死去。
1975（昭和50）年	兄結婚。
1983（昭和58）年	祖母死去。
1987（昭和62）年	父死去。
1992（平成４）年	母が郊外霊園の墓を購入。
1993（平成５）年	私、結婚。
2008（平成20）年	兄死去。
2016（平成28）年	母死去。

高等小学校を出て、曽祖父から身代を継いだ祖父は、これを洋服の商いに変え、洋品店とした。洋装が庶民にも普及しはじめたころであったから、家業は大発展し、ひところは五十名もの従業員を擁していたのだ。

このお墓は、その祖父の絶頂期の遺産だったのである。甘木という街でいちばん大きな墓を建てたい。その一心で働いていたのだということを、耳にタコができるくらいに聞かされて、私は育った。

じつは、わが家には、こんな美談が伝わっている。祖父は、自家のお墓より先に、「預かり墓」のほうを改葬し、石塔を建立したというのである。

「預かり墓」とはなにか。それは、子どもがなくて途絶えた家の墓をお祀りすることである。絶家した家のお墓は無縁仏になって祀り手がいなくなってしまうので、代わりに管理費を払い、盆、正月、彼岸の墓参りをするのである。そのうちに、その家を継ぐ人があらわれると、預かっていたお墓をその人に継がせることになる。古めかしい言いかたをすると、お家再興となれば、お墓を返すのである。祖父は、まず自家の墓の改葬の前に、預かり墓を立派なものとしたのである。

なぜ、この話が美談なのかというと、預かっている他家の墓を先に立派にすることによって、他人を利する陰徳(いんとく)を示したということであろう。この墓は、石塔の頂上が

盆供養の折の写真。墓掃除中の写真である。おそらく、1970年代の終りか、'80年の最初の写真であろう。筆者と姪、そして母の二の腕が写っている。よく蛇が出て、難儀した。

一五〇センチほどの墓ではあったが、それなりに立派な墓であった。

まさしく、「礼」の美学である。

墓作りは長崎に学べ

一九三〇(昭和五)年ころの祖父は、警察署長の給料を一日で稼ぐ男といわれていた。バイクやスクーターでの商品の配送は、当時としては珍しく、時の人であった。

この地域ではじめてエスカレーターを導入したのも祖父だ。エスカレーター見物で人を集めたのだ。屋号も、いつのことかはわからないが、上野デパートと改称し、地域の一番店となった。

当時、経済力のある家々では、争うように大きい墓に改葬していたのだった。珍しい石を集め、大きな墓を作ることに、人びとは鎬(しのぎ)を削っていたのである。もちろん、デザインは荘厳にしなくてはならない。

大きな蔵を建てることが経済力の象徴であることはまちがいない。だから、家々は競って大きな蔵を建てたのである。一方、お墓の競争もあったのだ。祖父はなんとしても、この墓競争に勝ちたかったのであろう。そのために、祖父は、研究に研究を重ねた。近隣の墓地を見て、さらには福岡の陸軍墓地を見て研究を重ねたのであった。

果ては、これぞと見こんだ石工の棟梁と、九州中の墓地を見学してまわったのであった。この研究のかいあって、祖父はひとつの結論を得た。それは、「墓作りは長崎に学べ」ということだった。

長崎という地には、墓に凝る伝統が江戸時代からあった。

理由はふたつあって、ひとつはキリスト教禁教政策との兼ねあいから、キリシタンと疑われないように寺とのつきあいをよくして、立派な墓を建てて、信心篤い仏教徒であることを示す必要があったからである。だから、長崎の寺院規模は、大きいのである。

もうひとつは、現在の福建省、浙江省からやってきた唐人の子孫たちが唐通事（中国語の通訳）となって、祖霊を祀る霊廟の考えかたを長崎に伝えたからであった。伝えたというよりも、実践したのである。廟とはなにかといえば、死者を祀る宗教施設のことである。孔子を祀れば「孔子廟」ということになり、先祖を祀れば「宗廟」ということになる。単に遺体を埋葬するのではなく、永続的に祀りごとをおこなう宗教施設を廟という。

貿易商人でもあった彼らは、その後、街の有力者となり、大きな経済力を持っていた。したがって、長崎の唐通事たちの墓は、石塔の前に広いスペースを作り、墓のまわりを石垣で囲むことが古くからおこなわれていた。このスペースで、彼岸や盆、さらに清明節（中国の祝日。旧暦の三月に祖先の墓参りをする）などに先祖供養をしたあと、飲み食いをしていたのである。これを、民俗学の用語で説明すれば、「先祖祭祀にともなう共同飲食」ということになる。

このふたつの影響で、長崎は、他の九州諸地域より石塔の巨大化が少し早く進み、庶民の墓作り競争が幕末から起こっていたのであった。したがって、いまでも唐通事の末裔の墓をめぐると、その墓が大きいのに驚かされる。

私は、ここ数年、長崎でのフィールド・ワークを重ねて、祖父が長崎の墓を手本としようとした意味が、ようやくわかった気がした。

長崎の寺町を北から南へ、興福寺、長照寺、皓台寺、大光寺、崇福寺、正覚寺と歩いてみるがよい。東側の斜面には、ところ狭しと墓が林立している。その姿は、同じ広さの区画地に、統一されたデザインの墓が並ぶ墓地とは明らかにちがう。互いの墓は、互いに覇を競っているのである。しかも、経済力のある名家の墓は、墓の敷地も墓石も大きい。また、デザインも、石の種類もさまざまで、まるでお墓の博覧会のようだ。

私の見たかぎりでは、大阪の四天王寺から一心寺にかけての寺町の墓地のありようがこれに近いように思われる。こちらは大阪商人が贅を凝らした墓を競って建てているので、やはり、覇を競うようになっていて、墓地の景観に統一感がないのだ。東京は音羽の護国寺の墓地も、ややこれに近いが、長崎、大阪ほど、デザインにバラエティはない。

一方、沖縄の亀甲墓もたいそう大きな墓だが、これも墓というより廟で、墓の前で共同飲食ができるように前庭がある。しかし、亀甲墓のある墓地は、その名のとおり亀の甲型にデザインが統一されているので、長崎や大阪の寺町のような印象はない。

祖父は、みなが使っていた御影石の使用を避け、黒みがかった灰色ないし青い石で石塔を建て、仕上げは光沢が出るように磨かせた。そして、灯籠には流し墨の模様の入ったくすんだ緑色の大理石を選び、こまかい細工をさせたのであった。祖父が惚れこんだ長崎の墓を歩いてみて、似たタイプの墓石やデザインを見つけたから、やはり祖父は、長崎の墓を参考としたようだ。祖母が言うには、祖父は何度も長崎を訪ねて、研究したという。

わが家では、墓で飲食をするという風はなかったので、共同飲食に使用されることはなかったが、石塔のぐるりを石垣で囲み、石塔の前にスペースを作るのは、長崎の墓のかたちを明らかに真似ているのである。それは、比較してみると一目瞭然だ。私は、祖父に、いま、こう問いかけたい。

「あのかたちはね、華南地域の廟形式のお墓のかたちに起源があるんですよ。廟だから、拝礼の空間を広く取るのです。それが、長崎で流行していたのです。知ってましたかぁ?」

では、祖父が改葬して、あの長崎風の大きな墓を建てる前は、わが家の墓は、どういうかたちだったのだろうか。

じつは、「上野家累代之墓」とあるような家の墓はなかったのである。戒名を記名した石塔があるにはあっても、せいぜい高さ五〇センチほど。古いお墓のほとんどは、丸い自然石が目印に置いてあるだけで、その前に竹筒を刺して花を供えていたのだという。

土葬だったので、あちらこちらに墓があり、盆や彼岸にはいくつもの墓を拝んでいたというのである。土葬の場合、穴を掘って棺を埋めるのであるが、家族だからといって、隣に埋葬できるとはかぎらない。順番に墓地内の空いているスペースに埋葬してゆくのだから、あちらこちらに「ごせんぞさま」を埋葬した墓が散らばっていたのである。

お墓と近代

私がフィールド調査をしていた一九八〇年代においては、まだ日本全国に、土葬の経験者たちがいた。

この場所は大丈夫だろうと思って掘り進めてみると、古いお棺が出てきた。埋まっていた座棺の蓋が朽ち果てて、落とし穴のようになって骨が見えて、どぎまぎした。あやうくお棺の落とし穴に足を取られそうになった、といった話をよく耳にしたものである。つまり、祖父は、点在していた五、六ヵ所の土葬墓から骨を集めて、直系家族の墓を建てたのである。

祖父は、この巨大なお墓の建立について、何度も自慢げに話していたから覚えているのだが、実際にわが家の先祖のお墓だと伝えられていた丸石の下を掘ってみても、棺が見つからないことがあったという。

おそらく、その墓は埋葬地とは別に設けられた拝礼用の〈参り墓〉とか、〈拝み墓〉だった可能性がある。埋葬地と拝礼地とが分かれていたとすれば、これは民俗学で両墓制といえる。埋葬地の墓とは別に、拝むための墓を作る風習は、両墓制といって、民俗学がことさらに追究してきた研究対象だが、わが家も両墓制だった可能性が高いのである。

ただし、正確にいうと民俗学でいう両墓制ではない。それは、長い間に埋葬した場所がわからなくなってしまったので、しようがなく自然石を置いて拝んでいただけだからである。だから、埋葬地と拝礼地を、あらかじめ分ける両墓制というわけにはいかないのである。しかし、祖父の時代、そういったことすらも忘れられていたのであろう。参り墓を掘っても、お棺はないはずである。

おそらく、祖父から数世代さかのぼると、戒名を刻んだ石塔などなかったのである。みな、あちらこちらの丸石の下に眠っていたのだ。江戸時代中期にまで過去帳で直系系譜がさかのぼれる家であっても、墓というものはそういうものだったのである。平安貴族たちが、父親の墓参りをしようとして墓地にやってきても、どの土饅頭が父親の墓かすらもわからなかったというのと同じである。明治以前の庶民の場合、ひとつの墓が数世代にわたってお祀りされているということすらも、ごくごく稀なことなのであった。

どこに埋葬されたかなど、すぐにわからなくなったのである。菩提寺に記録は残っても、石塔を建てるということなどなかった。あるいは、できなかったのである。せいぜい、目印の石を頼りとして、言い伝えているお墓のお参りをするしかなかったのである。

墓のありようの調査をしてわかるのは、江戸時代までは、村落の墓は村落が管理していたから、家ごとのお墓など、庶民にはなかったのである。したがって、覇を競うような石塔建立合戦をするようになったのは明治以降のことなのである（もちろん、大名家などは別である。上杉家［山形県米沢市御廟］や伊達（だて）家［宮城県仙台市青葉区霊屋下］の歴代藩公を祀る廟は有名である）。

古いものとして、聖徳太子（しょうとくたいし）の廟から発達したと伝える叡福寺（えいふくじ）（大阪府南河内郡太子町）、菅原道真（すがわらのみちざね）の廟から発達した太宰府天満宮（福岡県太宰府市宰府）などがある。広く東アジアに眼を転ずれば、朝鮮王朝の歴代国王を祀るソウルの廟が規模も大きく、古い祭祀のありかたをよく伝えている。子孫が先祖を祀る「宗廟」のうち、現存最大のものだと思う。

長男が家督を相続し、父母の老後を引き受け、家の先祖の祀りごとを引き継ぐなかで、家の意識が少しずつ高まって、その家のシンボルのひとつとして墓が意識されるようにならないと、家族墓の考えかたは生まれてこないはずである。さらに、家族がひとつの墓に入り、次世代の者がその墓を受け継ぐという家族継承墓のかたちが可能になったのは、じつは火葬が普及したからなのであった。つまり、死者が骨となり、骨壺に入るからこそ、ひとつの墓に数世代の遺骨が入ることが可能になったまでのことなのだ。土葬だと墓が散らばってしまい、そうはいかないのである。

さらには、祖父には悪いけれど、次に述べるような物理的要件がクリアーされないと、あの墓合戦ははじまらなかった、と思われる。

鉄道網や道路網が発達し、大きな石を安く早く運ぶことができるようになってからでないと、庶民が自由に墓石を調達することはむずかしかったはずである。加えて、石を加工する技術が進まないと、庶民が好みの石を選んで、好みのデザインを選べるようにはならない。あの墓石の博覧会のような墓地の景観は以上のような条件の下に、明治期以降に急速に広まっていったのである。顧客が増えることによって、墓石加工技術はどんどんと改良、革新されてゆく。すると、さまざまな墓のかたちを、石材商は提案できるようになっていったのである。

また、日清、日露の戦役も墓合戦のはじまりに一役買っている。

あたりまえのことだが、村や町から出征していった若者の一部は、戦役期間中に戦没する。すると家々では、持てる経済力に応じて、他家よりも少しでも大きな葬式を出してやりたいと思うし、墓もその死んだ若者の出征を顕彰するタイプのものが作られるようになる。葬儀の大きさや、墓の大きさを競う競争的環境が、自然にできてしまうのだ。

なお、近代に入り墓石が巨大化するという現象に注意を払ったのは、柳田國男(やなぎたくにお)であった。一九三一（昭和六）年に朝日新聞社より刊行された『明治大正史 世相篇』で、墓をめぐって、柳田は群を抜く力のようなものが働いている、と喝破している。

以上のような条件があい重なって、家々の墓合戦がはじまったのであった。それは、墓の資本主義のはじまりといえるかもしれない。なぜならば、顧客の増大が、技術革新を加速させ、価格の低下が起こり、さらなる顧客を掘り起こしたからである。

しかし、家々の墓合戦には、ひとつの隠れ蓑が用意されていた。それは、ご先祖さまを大切に祀ることこそ、家を継承した子孫がいちばんになすべき責務であるという考えかたである。儒教の孝の思想を背景にした先祖供養こそ、東アジア文化圏において、もっとも有力な「宗教」ということができる。加地伸行(かじのぶゆき)が、儒教の文化的伝統こそ、東アジア文化圏におけるもっとも大きな宗教伝統であると説いている。加地はこれを「沈黙の宗教」と名づけている。

日本の仏教は、仏教というよりも、仏式の先祖供養というほうがよいだろう。神道も新宗教も同じで、先祖供養の形式がちがうだけなのだ。先祖崇拝を否定する宗教など、東アジア文化圏では存在しない。だから、成功者となって「梲が上がる」と蔵を建てる前に、墓を立派なものにしようとするのである。家の墓を大きく立派なものにするということは、しょせんは見栄なのだが、その虚栄心を隠す隠れ蓑があったからこそ、人びとは墓合戦に鎬を削ることができたのである。

ところが、当然、ゆきすぎた墓合戦を規制する動きも出てくる。ゆきすぎた競争が墓地の景観を石塔の博覧会場のようにしてしまうからだ。

現世の経済力が墓の格差を生じさせれば、怨嗟の心も生まれてこよう。それでは、生者の心の安寧も、死者の心の安寧もはかれない。そして、なによりも、墓合戦が、空しい見栄の張りあいであることを、みな、心のうちではうすうす気づいていたのではないか。そこで、自由な墓のデザインを規制する動きもあらわれてくるのである。共同墓地では、そのデザインや色調が規制され、同一の広さの区画地にほぼ同一のデザインのお墓が並ぶようになってゆくのはそのためである。いわば、墓の過当競争を規制するのである。そうすれば、墓地の空間に秩序性を持たせることができる。

祖父の絶頂期の、まるで祖父の作品のような墓。それは、墓資本主義の生んだ巨大な墓であった。墓地を圧するがごとき巨大な墓は、経済競争の勝利者のシンボルであった。そして、わが家は、かの墓合戦に勝利したのである。しかし、この墓に入ることができたのは、祖父に続いて祖母だけだった。

この墓を維持しつづける経済力が、わが家にその後なくなってしまったからである。

祖父のビジネス

ここで、祖父の資産形成について、述べておきたい、と思う。以下、私が聞いているところに、調べたことを加えて説明したいと思う。

普段着をあつかう呉服商であったわが家の家督を継いだ祖父は、一大決心をした。これからは、洋装の時代であると考え、洋品店に鞍替えしたのである。

祖父は単身大阪の船場(せんば)に乗りこみ、仕入れをしようとするが、はじめはなかなかうまくゆかなかったらしい。買う量が少なすぎて、相手にしてもらえなかったのだ。おそらく、商慣習もよく呑みこめていなかったのだろう。船場で恥をかかされた話は、祖父が得意としていた苦労話だが、ここでは割愛する。失敗の話は、成功話をおいしくするスパイスにすぎないからである。

そこで、祖父はわが家よりもより零細な呉服商たちに、洋品店へと鞍替えを説いてまわったのであった。もちろん、祖父の言葉をすぐに信用してくれて、鞍替えする呉服商などあろうはずもない。困った祖父は、まず自分が仕入れたシャツなどを呉服屋に置いてもらうことにした。祖父は、これを「置き売り」と言っていた。自分から仕入れてもらうのではなくて、置いてもらい、売れた分の代金をもらうのである。いまでいうなら、委託販売に相当するだろう。

とにかく、注文量のドットを上げなければ、仕入れすらできなかったのだ。そのために、祖父は自分の足で商品を置いてもらえる店を探し歩いたのである。置き売りの売上げが増えてゆくと、次には仕入れてもらえるようになる。そうして、ようやくわが家は、仲買い問屋になることができたのである。自分の店でも小売をしつつ、問屋を営むという商いのスタイルは大正中期まではできあがっていったようだ。

しばらくすると、洋装がじわじわと庶民にも浸透してきた。好機到来である。普段着を扱っていた呉服店も、洋品店へと鞍替えをしなくてはならないときがやってきたのだ。

祖父のビジネスモデルはこうだった。

まず、福岡、大分、佐賀、長崎の呉服屋に業種転換を説いてまわり、はじめは置き売りをしてもらう。次に取引先が洋品店に鞍替えすると、仕入れを任せてもらう。そうすることによって、船場の大問屋への注文量を大きくして、大問屋にたいして価格交渉を迫るのである。取引量が上がれば上がるほどに、値引きしてもらえるからだ。

こうして、値引き率を上げてもらい、スケールメリットから生まれた利益を取引先の小売店と分けあうという商いをしていたのである。つまり、船場の大問屋と、取引先である末端の小売店を結ぶ仲買いをしていたのである。

祖父の商いは、ひとつの情報産業でもあった。大問屋の売りたい商品と末端小売商の売りたいものをマッチングさせるからである。また、鞍替えによる業種転換を説くというのなら、コンサルタント業であったかもしれない。祖父のビジネスモデルは、大都市と田舎の情報格差を利用したビジネスという側面もあったのだ。しかも、みずからも小売をしているので、顧客のニーズを的確に摑むことができたのである。加えて、それまでに培ってきた仲間たちとの情報網も祖父にはあった。こういう情報を持って、船場で買付けをおこなったのである。大阪で流行遅れとなっている服でも、九州では流行っていたりするから、大都市と田舎の時間差をうまく利用するのである。

また、それは人材養成ビジネスでもあった。取引先の末端小売商の跡取り息子たちを預かって、一人前にして戻すのである。そうすると、彼らは祖父の協力者になってくれたのである。さらには、後継ぎのいない末端小売商の店を買い取ったり、従業員を婿入りさせたりして、事業を拡大させていったようだ。祖父は、戦中の統制経済も、戦後のインフレ、デフレ経済も乗りきって、事業拡大に成功したのであった。

　ところが、一九六〇年代に入ると、とたんに祖父のビジネスモデルは通用しなくなった。第一に、洋装化が大きく進んで、逆に客の商品知識が上がってしまったのである。大都市と田舎の情報格差も、流行時差もなくなってゆく。客の商品知識が上がり、顧客ニーズが多様化してしまうと、街の零細な洋品店では品揃えが追いつかなくなってしまうのだ。つまり、売り場面積の大きい店しか、生き残れなくなってゆくのである。たしかに、私がいま着ている服も、すべて大型量販店で買った服だ。

　祖父が取引をしていた末端小売商たちも次々に廃業に追いこまれていった。わが家の小売部門も、赤字となってしまう。祖父は、それならばと、売り場面積の大きい店を出したのだが、大手にかなうはずもなかった。

　決定的だったのは、スーパーマーケットで衣料品が取り扱われるようになったことだ。取引先が次々に廃業すると、注文量が激減する。すると、値引きもしてもらえないのだ。

　祖父には、曽祖父から引き継いだ哲学というものがあって、生涯無借金の人であった。しかし、これも裏目に出た。業績が悪くなってしまうと、事業の縮小しか取る道はないからだ。

　融資を受けてさらなる業種転換を図ることも、多角経営することもかなわないとなれば、資金の調達の道は、個人資産の売却によるしかない。祖父は会社が公のものであるということもまったく理解できず、家族経営からの脱却もできなかった。家長によるワンマン経営なのだ。最後は、自分で廃業の決断すらもできなかったといってよいだろう。

祖父が死ぬと、父はすぐに自主廃業した。三年かけて資産の売却をし、従業員の退職金支払いがようやく終わると、残ったのは一店舗のみ。それが、福岡のわが家だ。このころに父母が口癖のように、くりかえしくりかえし言っていた言葉がある。

「うちは借金のなかったけん。人さまには、ご迷惑はかけとらん。やけん大きな顔して道ば歩けるとよ」

そして、仏壇と巨大な墓だけが残ったのである。

もちろん、大きな墓には、それなりの維持修繕費がかかる。納骨室の鋼鉄製扉はよいものを付けてもすぐに錆びた。二階部分を囲む石垣が崩れると、けが人が出る恐れが出てくるので、改修しなくてはならない。あれは、墓というより、ひとつの建物だったのだ。

困ったのは、石を替える場合、祖父が使った石材が超のつくほどの高級品であったことだ。同じ石を修理に使うと、高額となってしまう。だからといって、一ヵ所だけ安物の石を使うわけにもゆかない。お金のことばかりではない。墓掃除も従業員がいなくなると家族だけでおこなうことになった。それでも、なんとかお墓を維持していた。祖母が生きていた間は……。

六十二年の夢の果て

しかし、その祖母も死ぬ（一九八三［昭和五十八］年）。時を置かず父が死ぬと、しばらくして、私と兄は、意を決して、母にたいしてこう進言した。これ以上無理だ。甘木ではなく、福岡市の郊外の霊園に新しいお墓を買おう、と。

兄と私は、当然、母は反対だろうと思案しあって言ってみたのだけれど、意外にも母はあっさりと同意した。母も内心、そう思っていたのだ。

「もう、うちにはこげな大きな墓は無理ばい。しょうがなかねぇ。いまや分不相応たい」

もちろん、墓の解体費用、産業廃棄物として墓石を廃棄するための費用は、当時の私たちにとってはたいそう重かったが、これ以外に道はなかった。祖父があれほどの情熱をもって建立した墓は、六十二年しかもたなかったことになる。

しかし、私たちには、もうひとつ大きな墓を取り壊したい理由があった。ひところ、街の一番店ともなり、屋号を上野デパート、上野ストアーと称していたわが家も、いまや逼塞（ひっそく）している（ただ、デパートという言いかたは、いまとなってはお笑い草である。そんなに大きな店ではなかった）。もう、あの栄光はないのだ。それなのに、どこか勝ち誇ったように聳え立つお墓を見るにつけ、私たち家族の胸には去来する複雑な思いがあったのも事実だ。

それは、どこか滑稽で、どこか悲しい光景だった。墓にふりまわされている私たち家族は、まるでピエロのようで、他人の視線を気にするようになっていたのだ。恥の意識を持っていたのである。恥は、罪とはちがって、絶対的なものではない。相対的なものだ。そして、見られることで認識される。私たちは、経済競争に敗れ、かの墓合戦から撤退したのであった。

他家よりも立派な墓を建てるために、一生懸命働いた祖父。祖父は、あくまでも家の隆盛のために働いたのであり、あの墓はわが家の隆盛をあらわすシンボルだったのだ。一九九二（平成四）年、祖父の夢はここに潰えた。墓の命は、たった六十二年間だった。

父は、祖父の死後、不動産仲介業や、保険代理店業を営んだが、成功を収めることはできなかった。けっきょく、福岡の家に、祖母、父、母と私の四人で住むことになった。もちろん、かつてのような贅沢のできる収入などあろうはずもなかった。すべてが、昔とはちがうのだ。

しかし、よい面もあった。それは、個人商店を営み、店舗の奥が住居だったころより、勝手気ままな生活ができたからだ。

店をやっていたころは、家族と従業員、それに賄いと掃除洗濯をおこなうお手伝いさんたちと暮らしていた。よく家族同然というが、やはり他人は他人だ。しかも、従業員といっても、親類の従業員もいる。こういう人は、逆に扱いがむずかしいのである。お手伝いさんは、わが家の場合、壱岐(いき)か対馬(つしま)の離島出身者で、中学卒業後、お嫁入りまで働くのが常だった。だから、五、六年くらいで代わってゆくことになる。つまり、いろいろな立場の人が入り混じって暮らしていたのである。

もちろん、私的な生活空間などない。すると、ちょっとしたことで喧嘩になってしまうのだ。誰がトイレを汚したのかというささいなことから、現金の盗難犯人捜しなどなど。そんなこんなで、一年中気を揉んでいたような気がする。また、つねに売上金と商品を管理する生活も、苦しいものだった。最後に、これはあまり話したくはないことだが、男女の「あやまち」も、それなりに起こりやすかったのである。

私たちは、そのすべてから解放されて、祖父の死後三年で、「フツー」の生活になったのである。祖母は、そういう生活を「給料取りの生活」と呼んでいた。

「給料取りなら、他人が家のなかにおらんけん。どこで、寝ころんでもよかけんねぇ」

ここでいう「給料取り」とは、サラリーマンのことだが、サラリーマンにはサラリーマンの苦労があるはずなので、いま考えるとなんとも能天気なもの言いだった、と思う。

ときどき、かつての従業員さんや、お手伝いさんが訪ねてきてくれて、昔を懐かしむこともあったが、逆戻りはできないと誰もが思っていた。家族だけの生活がやはりいちばんなのだ。ほとんどの訪問者は、わが家の訪問に合わせて、あの墓にお参りをしてくれる。もちろん、それはありがたいことだ。美しいことだ。祖父も、あの世で喜んでいたことだろう、と思う。しかしながら、そういう人たちがいたからこそ、あのお墓を取り壊すことを、父母は躊躇していたのであった。その墓を、ようやく取り壊すことができたのだ。

祖母が死に、父が死んで、手に入れたお墓は、福岡市郊外の霊園の一角にある。この霊園に決めたのは、近くの駅から送迎バスが出ていたからである。お墓を作る石材店は、霊園の側から指定されていて、AタイプからEタイプの五タイプからお墓のかたちを選ぶことができるけれど、石材もデザインも似たりよったりだから、ほぼ同型のお墓が丘陵を埋め尽くしている霊園だった。

だから、何度お参りしても、道をまちがえてしまい、容易にたどりつけない。お墓の番地を見て、案内板とにらめっこして、わが家の墓を捜すのである。私たちは、このかたちに戸惑いもし、あの墓を知っているのでがっかりもしたが、気楽さがなによりだった。家どうしの見栄の張りあいから来る墓合戦は、ここにはない。お墓のかたちは、ほとんど同じなのだから。

郊外の分譲型の住宅地を見ると、敷地面積も同じようなもので、家のデザインにも分譲地ごとのさまざまな規制があって、けっきょく同じような家が立ち並ぶことになってしまう。外見だけを見ると、似たような家族が住み、家々は同じくらいに幸福に見える。住んでいる人も、ほぼ同じくらいの年収ではないのか。

そういった分譲地型住宅地には、ある種の安心感というものがある。見栄を張らず、他家の生活に無関心でいられるという安心感だ。無関心でいられないのは、子どもの友だちの素行と偏差値、進学先くらいのものである。近所づきあいもしたくなければ、最小限に留めることだってできるのがよい。そういう心地よさが、分譲住宅にはあるのだ。

私たちが新しく手に入れた墓地にも、同じような安心感があった。同じような外観の墓が多くて、道に迷いやすいのもまったく同じだ。ロッカー型の納骨堂が遺骨の団地なら、ここはさしずめ遺骨の分譲住宅かもしれない。

人間の想像力というものは、無限だと信じたいけれども、案外単純なようだ。生きかたの選択が、居住地の選択や住居のかたちに反映するのなら、墓地の選択や墓石のかたちもまた同じように、その生きかたを反映しているように、私には見える。

忘れるということ

ここまでの話を踏まえ、わが家の墓の歴史について、もう一度ふりかえり、かつ私なりの考えを述べてみたい、と思う。

祖父が、墓の改葬を思い立ったとき、家族の墓というものはなかった。土葬墓があちらこちらにあるという状態であった。しかも、記名した墓標すらもほとんどなかった。数世代を経てしまうと、誰がどのお墓に眠っているかも定かではなくなっていたのだ。

まったく埋葬地がわからなくなってしまった場合は、やむをえず決めた場所に自然石を置いて、お参り用の墓が作られていたようなのだ。したがって、そのお参り用の墓を掘っても、骨を集めることはできなかったのだった。

死者というものは、その死後の永続した儀礼によって、先祖神となってゆくという考えかたがある。この考えかたに、いち早く注目したのは柳田國男である。わが家にも、三十七回忌で「手上げ」「弔い上げ」と称して、個人の年忌を終える風があった。神さまになったといって、尾頭つきのお祝いの鯛を家族で食べたものだった。つまり、死後三十七年経つと特定の個人ではなくなるのである。神になるといえば、そうかもしれないが、個人としては忘れられることになるのである。

したがって、墓というものは、はじめは特定の個人を弔うものであっても、やがては匿名性を帯びるものだったのである。だから、逆に墓石に個人名や戒名など入れないようにしていたのである。よほどの名家を除いて。死者を直接知る人がいなくなれば、忘れられてゆく。いや、忘れるようにしてゆくのである。おそらく、忘れられることによって、「ごせんぞさま」とひと括りに扱われるようになるのである。

「ハカ」とは、もともとひとつの空間を示す言葉であった。たとえば、田植えをする際に、植え手には、一定のノルマが課せられる。それも、「ハカ」だ。「はかどる」「はかがゆく」というのは、ノルマをはたしているという状況を説明する言葉といってよいだろう。

一方、現代語の「ほうむる」の語源は、古典語「はふる」である。「はふる」という言葉には、捨てるという意味もある。「ほる」「ほうる」も「はふる」からきた言葉だ。関西地方で、ゴミを「ほる」といえば、捨てることである。死者を生者の生活空間の外に捨てて、見えなくすることが「はふる」ということなのだ。

ところが、死者が捨てられた場所は、死者の住みかにもなる。したがって、「はか」という空間は、死者を捨てる場所でもあり、死者の住みかにもなるのだ。この事実は、一見すると矛盾することのように見えるけれども、そうではない。

ところが、「はか」に記念碑のような石塔を建ててしまうと、死者の住みかという機能しかはたさなくなってしまう。つまり、いつまで経っても、死者が匿名にならないのである。それも、家が永続して、永遠にお祀りしてくれるならよいが、庶民の家の直系家族など、ふつうはそんなに長く続かないのだ。すると、「累代之墓」は数代を経ずして、祀り手を失ってしまうことになるのである。要するに、無縁墓になって、荒れはててしまうのである。

それでも、事業に成功した祖父は、累代の先祖を祀る墓を作ろうと奔走したのであった。では、なぜそういう墓を作ろうとしたのであろうか。祖父の心のうちを想像してみたくもなる。

洋の東西を問わず、名家の名家たる所以は、その家が永く続いているところにある。しかも、その墓所が存在し、祀りごとがしっかりとおこなわれていなくてはならないのだ。

『古事記』を見るがよい。その中核となる部分は「帝紀」と呼ばれる天皇系譜である。歴代天皇の聖名と后妃名、その子孫名が記され、最後には必ず墓所も明記される。そして、その陵墓がしっかりと子孫たちによって守られていなくてはならないのだ。江戸時代からは、歴代藩主の墓を集めた廟所の存在こそが、名家であることを保証するものとなってゆく……。

こういった考えかたは、男子直系系譜を重んずる儒教思想の影響下に成立した考えかたである。わが家の系譜は、せいぜい江戸時代中期までしかたどりえないものなのだし、歴代の人士の墓を集めた廟所などあろうはずもない。それでも、祖父は立派な墓を作りたかったのである。

個人や家族の生きた証

わが家のことなので、成金趣味とはいいたくないが、商人として成功した祖父は、名家の仲間入りをめざしたのかもしれない。社会的地位の上昇をめざした祖父の俗物ぶりを非難するのは簡単だが、この戦いに多くの家が参戦していたことも、また事実である。折しも、石材を自由に運べる時代が到来し、石の加工技術も発達していった時代、祖父は、先祖顕彰こそ家の栄えをもたらす根本であるというかたくななまでの信念から、あの墓を建てたのであった。

とすれば、あれは、墓ではなくて、先祖顕彰碑だったのかもしれない。してみると、どうやら、祖父の建立した墓は、伝統的なものではなかったようだ。

フィリップ・アリエスは、フランスの庶民の墓地について次のような分析をしている。アリエスは、十九世紀から個人墓、家族墓を並べたような郊外型の霊園タイプの墓地が出現するという事実に着眼する。アリエスは、この新しいタイプの墓と墓地について、それ以前の墓の伝統とは無縁のものであるとまで言いきるのである。そして、その墓地儀礼も、頻繁におこなわれる墓参りも、近代に誕生した、作られた伝統だとくりかえしくりかえし力説するのである*。

アリエスは収集した豊富な資料によって、次の事実を明らかにする。近代以前の庶民の遺体は、教会の敷地内に掘られた大穴に、ただ捨てられていただけなのだ、と。教会には聖人の墓がある。聖人の墓の近くに遺体を捨てさえすれば、個人の葬送はすんだと考えられていたというのだ。つまり、死者は、墓穴に入ると同時に特定の個人から、匿名のひとりになったというのである。

ところが、十九世紀になると、個人が生きたことを顕彰する墓が庶民にも普及してくる。こういった個人の墓は、それまで、王侯貴族だけが持っていたものだった。もちろん、ミニチュア版ではあるけれども、庶民も個人の墓を手に入れることができたのだ。

アリエスは、その理由を次のように説明する。

パスツールによる細菌の発見と、墓地から発せられる悪臭が結びつけて考えられるようになり、教会の墓地が疫病の源と考えられるようになってしまった。そういった衛生上の問題から、墓地が教会から離れて、郊外に営まれるようになったのだ、と説くのである。そして、また衛生上の問題から、遺体を一つひとつ密閉して埋めるようになったと説くのである。

私は、日本の事例から、アリエスとは、別の推論を試みてみたい、と思う。産業革命が、核家族を中心とした近代家族を成立させ、個人や家族単位の墓が生まれてくる素地を作った、と思われる。一方、同じく産業革命は、墓石の流通や加工技術に飛躍的発展をもたらした。この劇的なコストの低下が、個人や家族が生きた証を顕彰する小さな記念碑型の個人墓、家族墓を生み出したのではなかろうか。十九世紀のヨーロッパで起こったことと同じことが、わが郷里・甘木でも起こったのであろう。こうして、あの墓合戦がはじまったのである。

しかし、経済力を失ってしまえば、その巨大な墓も、分不相応の持ち物となってしまう。祖父の死後、父母はその重荷に耐えられなくなってしまったのであった。ステータスとなる高い外車を買ったとたんに、その維持費に苦しむのと同じかもしれない。別荘を買ったとたんに、その維持費に苦しむのと同じかもしれない。さすれば、墓でなくてもよかったはずなのだが。祖父は、私が商人になって跡を継ぐことを願っていたのだが、私の分析をあの世で聴いて、どう思うだろうか。悲しんでいるのだろうか。それとも、苦笑しているだろうか。

私たちは、人やできごとを記憶に留めておくことの大切さをつねに説く。しかし、忘れることだって、それと同じくらい大切だと思う。死者は、いつかは忘れ去られなければならないのである。特定の誰という人物から、「ご先祖さま」になって、名前を忘れられてゆく必要があるのである。生者にも死者にも、忘れる、忘れられる権利というものがあるのではなかろうか。その意味で、祖父の作った「上野家累代之墓」は、忘れたい子孫にとって、たいそうな重荷になっていったのである。

曽祖父母、祖父母、父、兄の遺骨、そして祖父が必死でかき集めた先祖たちの遺骨は、いま、分譲住宅のような墓に眠っている。ここには、墓による見栄の張りあいはないようだ。幸いなことに。

＊フィリップ・アリエス『死を前にした人間』（成瀬駒男訳、みすず書房、一九九〇年）、同『図説　死の文化史――ひとは死をどのように生きたか』（福井憲彦訳、日本エディタースクール出版部、一九九〇年）など。

死にたまふ母

兄のことば

二〇一六(平成二十八)年十二月二十三日、母が死んだ。

もちろん悲しかったが、ほっとしたのも事実だ。それは、多少の遺産が入るからではない。これ以上介護が長引くと、自分も妻ももたないと思っていたからである。この七年というもの、母とともに走る伴走者として生きてきたし、その伴走者としての役割をはたしおえて、母とともにゴールしたという自負が私にはあったからだ。

偉大な祖父の死後、福岡市で祖母、父、母と私で暮らしていたのだが、私は進学のために東京に出た。そして、奈良で就職して二十五年になる。祖母も、祖父の死後十年の後に死んだ。この過程は、私たちの家族が消滅してゆく過程であるともいえるし、兄、姉、私が自立して、家庭を持つ過程でもあるので、代替わりの時代といえるかもしれない。

葬式という不祝儀もたくさん出したが、就職、結婚、出産、昇進という祝儀もたくさんあった。私たちは、「フツー」の家族として、そのたびに寄りあい、それぞれの役割をみごとにこなして、飲み、そして食べた。

しかし、父が死ぬと、母はひとりぼっちとなってしまった。老いたる母をひとりで福岡の家に置いておくことはできない。兄は、苦渋の決断をした。長男の務めをはたそうとしたのである。

こうして、兄夫婦、そして二人の娘が、意を決して福岡の家に住むことになったのである。もちろん、はじめからうまくゆくはずもない。不愉快なこともいろいろあったが、兄夫婦の努力の甲斐あって、私はうまくいっていたと思っている。というのは、母親が俳人として絶頂期を迎えていたからである。俳句雑誌『ホトトギス』の同人として、全国を飛びまわっていたからだ。つまり、家での衝突が起きにくかったのである。

ところが、兄夫婦の二人の娘も嫁ぐと、福岡の家は、兄夫婦と母との三人住まいとなった。そして、母も、外出できない体になっていった。一方、次男の私のほうはといえば、上野家や母にかかわることのすべてを長男たる兄に押しつけて、奈良での学究生活を謳歌していた。

が、しかし。兄夫婦と母というトリオのユニットにも、一九九七（平成九）年ころから少しずつ終焉の予兆があらわれてきた。

まずは、母の老いである。俳句の選者として、福岡の俳壇でそれなりの地位を築いた母も、骨折をくりかえすようになってしまったのだ。ころぶ↓骨折↓救急搬送↓救急病院入院↓手術↓入院↓リハビリ専門病院への転院↓自宅療養、というくりかえしが続くようになった。骨折して入院するたびに、母は小さくなっていった。

母は小さくなると同時に、わがままになっていった。夜中にアイスクリームが食べたい。リハビリの先生を替えてくれ。この本を買ってきて、と。

もちろん、奈良に住む私も、兄夫婦に協力するポーズを見せ、それなりのことをするけれども、兄夫婦に代わることなどできはしない（正直にいえば、ポーズだけだ）。ところが、なんとその兄も肺がんと診断され、抗がん剤治療に入ったのである。

このころの兄と母との印象的な会話をここに書き留めておこう。

兄　あんまり、わがままいいよったら、おれんほうが、先に逝くばい。

母　ものには、順序というものがあるとよ。私が死んだ翌日に死にんしゃい。あの世からすぐに迎えに来ちゃるけん。

たわいもない会話なのだが、泣きっ面に蜂の当時の私たち家族の気分をよくあらわしている、と思う。母を支える兄夫婦にも、その余力というものが次第しだいになくなってきたのだ。

ではなぜ、母のことのすべてを兄夫婦に押しつけて、逃げまわることができたのか。それは、私たち夫婦の子どもが病気がちであったからである。したくても、できないのだというように、姑息な言いわけをして逃げまわっていたのである。

ただ、この時期の私がなした善行がひとつだけある。

抗がん剤治療に入った兄は、余命を生きるようになっていた。残り時間を逆算して、家族全員での旅行、孫とのふれあいの時間を大切にしていたのである。兄は、また夫婦二人での旅行もするようになっていった。サラリーマン時代の兄は、転勤がゆうに十回を超えていた。当時の言葉でいえば、「企業戦士」だった、と思う。

しかし、がんを告知されてからは、よき家庭人となったのである。私は、兄夫婦が旅行をする際は、母を預かって、車椅子旅行に連れ出したのである。そのとき思ったのは、日本社会のバリアフリー化が予想以上に進んでいたことだ。乗り物もホテルも観光地も、スイスイと行けた。もちろん、私も母との時間を楽しんだ。しかし、時たま母を連れ出す以外は、私は知らんふりを決めこんでいた。

そんなある日のこと、兄から突然、電話が入った。今週は抗がん剤治療の谷間で、体調がいい。旅費は出すから、福岡に帰ってこい、と。私は、ならばと、週末に帰ることにした。庭のアジサイを兄と見た記憶があるから、六月のことであったか。二人だけで行きつけの中華料理屋で食事をして、福岡の家に戻ると、兄がいきなりこう切りだした。

「上野の家は、縮小再生産続きで、もうダメばい」

そうして、母の預金通帳を見せてくれた。兄は、ぽつぽつと語りはじめる。

「この通帳の金がっさい、上野デパートの成れのはての、わが家の最後の金たい。お母さんの入院費やらは、これから出しとるけんね。俺が死んだらよ、この金でおふくろのことは、おまえがせないかんたいね。おまえが、おまえがよ」

私は、咄嗟に、「まだまだ、先の話やろ」と、もちろん言った。すると兄は、「先やけど、言わんといかんやろが。いま」と、やや言葉を荒らげて答えた。

しばらくの沈黙のあと、兄は天井を見ながら、ひとり言のようにこう言った。

「奈良に連れていかんといかんかもしれんとぞ。俺が死んだら。覚悟せないかんばい」

うすうすは、そう感じていたが、やはりそうなのかぁと、そのとき私は悟った。兄が死んだら、逃げられないのだろうと。いや、逃げたくても逃げられないように、兄は私に通帳を見せたのだ。あとから考えてみると、おそらくこの時点で、兄の治療は終了していたのであろう。

しばらくして、兄は息を引き取った。

三ヵ月ルール

私は、喪主の兄嫁を助ける立場であったが、葬儀を取りしきって、雑務をこなした。「はぁ、長男代行かぁ」と思ったものだ。

葬儀が終わってしばらくして、私は母の入院先の病院の事務長から、突然呼び出された。開口一番、事務長が切り出した。

「これ以上は無理なんです。葬儀が終わるまではお待ちしましたが……」

私は、事務長のようすから、なにか悪い知らせであることは察したが、その内容を理解するまで、半時を要した、と思う。

事務長の話はこうだった。病院というものには、三ヵ月ルールというものが存在する。入院した日から三ヵ月を過ぎると、自宅療養に戻るか、転院をしてもらわないといけない。三ヵ月を過ぎると、国の方針で保険料の給付率が下がるので、病院が赤字となる。病院の経営がこれでは立ち行かなくなるので、三ヵ月を過ぎたら退院してもらうしかないのだ、ということらしい。しかし、兄の葬儀の間は、こちらも待っていた。だから、一日も早く退院してほしいというのである。

こう説明すると、事務長は足早に去っていった。事務長の、まるで怒ったように退室していった姿を、私は一生忘れないであろう。

すると入れ替わりに、地域連携室の室員という名刺を持つ係員と、ケースワーカーの二人が入室してきた。二人は、家に戻った場合には介護のプランがあること、他の病院へ転院する方法もあること、介護施設への入所の道もあることなどの、母の身の振りかたについて、丁寧に的確に説明してくれた。

私は、「はぁ、はぁ」と相槌を打ちつつ聞いていたものの、なにをどうしてよいかもわからない。いまでもはっきりと覚えているのは、退院日をその場で、はっきりと指定されてしまったことだ。三日後だというのを一週間後にしてもらった記憶がある。母の病院を出るとき、私は病院をふりかえりつつ、「三ヵ月ルールかぁ〜」とつぶやいた。

いやはや、困った。困りはてた。はたして、いまの母を自宅に戻すことができるのか。いや、無理だろう。しかし……。ならば、どうしたらよいのか。いろいろ考えたあげく、私は短期ステイの介護施設に、、、、とりあえず母を入れることにして、約束の日に、母を退院させた。退院させてはみたものの、ここも、短期なのだ。どうしよう。

短期ステイの施設からは、入所して三日後から電話がかかってきた。

「次の入所先を探しておかれないと、ここも延長して一ヵ月ですからね」

念を押されたのだ。

はて、どうしよう。どうすることもできない。いろいろ、あちらこちらの施設に電話をしてみるが、一年後ならとか、入所を待っている人が百人いますから無理ですという返答をされて、埒があかない。私なりにネットで勉強もし、介護本を買い漁って読むも、どうすることもできない。母のことから逃げまわっていた罰だと思ったが、反省したからといって、どうなるものでもないのだ。

意を決して、私は友人の家を訪ねた。奈良県のとある食品会社の社長で、福祉施設の経営もしている人だ。

藁にもすがる気持ちで、私はいまの状況を説明した。すると、この友人は、一つひとつメモを取って、聞いてくれた。私はまくしたてるように一方的に窮状を話していたと思う。目をつぶって話を聞いていた社長は、溜め息をつきつつ、こう言った。

「わかりました。ひとつだけ確認させてください。お母さんは、入退院をすでにくりかえしておられるのですね」

念を押すように聞かれたのを私は覚えている。私は、「はい、そうです」と答えた。すると、腕組みをして、天を仰ぐようにして、社長はこう言った。

「上野先生は、もう福岡を出て、三十年ですよね。人的ネットワークのないところで、病院や施設を探してもむずかしいと思います。だったらいっそ、お母さんを奈良に呼ばれたほうがよいのではないでしょうか」

たしかに、そうだが、そうしたいが、はたして母を説得できるか。けれど、私は、母さえ説得できれば、そうしたいと、そのときから少しずつ思うようになってきた。もちろん、妻の同意も必要だろう。しかし、いまは緊急事態なのだ。

三日後、思案の後、ふたたび社長宅を訪ねた。そのときの次の言葉で、私はすべてを決した。その言葉は、その後々までの私の指針となった。

「上野先生、介護というものは、じつは情報戦なんですよ。どこに、どういう病院があり、どういう施設があるのか、知らないと話にもなりません。そして、その病院や介護施設を自分で歩いて、情報を摑まないといけません。まずは、地図を買って、そこに病院や施設の場所を書きこみましょう。そこから、作戦を立てないと」

やはり、私より若くても、さすが社長だと私は思った。私は、社長宅を辞して、さっそく奈良市街地図を買った。地図に病院や施設のある場所を書き入れた。地図を見ながらゆっくり考えてみると、自分にも、戦いを有利に進める地の利があることが、少しずつわかってきた。それは、自宅と職場がじつに近いということだ。バスで十五分なのである。自宅と大学から、三十分以内に行ける病院や施設をチェックすればよいのだ。

もうひとつ小さな利点もあった。奈良に赴任して二十年。探せばいくつかの病院や施設には知人もいるではないか。とにかく、情報を集めないといけない。飛びこみで訪問して、「じつは、困っておりまして」と事務の人に話しかける。そうして、相談員とのアポイントメントを取る。とにかく、入所、入院は無理でも、話を聞いてもらうのである。しかし、なかなかうまくゆかない。でも、まずは顔を売ることが大切だと思った。うまくはゆかなかったけれど、アタックすべき病院と施設はわかった。

さて、たいする軍資金はというと、兄から引き継いだ預金通帳には、一千万円弱のお金が残っている。それに、タンス預金二百万。加えて、わずかだが月々の母の年金だ。このお金で、母の最期の日まで、持ち堪えればよいのだ。ということは、持久戦かぁ、と思った。しかしだ。もし、足りなくなったら、福岡の家を売ればよい。そう考えると、少し心に妙な余裕ができた。でも、ここでひとつの選択肢は消えることになった。純民間の高級介護施設への入所は、入所時に数千万円かかってしまうから、最初から無理な話なのだ。

一週間もすると、友人の社長が、「先生のお母さんは、すでに入退院をくりかえしておられるのですね」と念押しして確認していた意味が、ようやくわかってきた。それは、つねに情報の網を張って、地域内の施設と病院のうち、とにかく入れるところに入り、渡り歩くという戦術なのだ。つまり、入ったとしても、安心せずに次の場所を探しておかなくてはならないということなのだ。介護施設の場合は、六ヵ月が基準であり、病院の場合は、三ヵ月が基準だ。どうせ、入退院のくりかえしだ。短期でつなげばよいのだ。

引っ越し大作戦

ここで、私は読者にたいして、お許しを乞う。以下の話は、自分で自分のことを、まるで諸葛孔明（しょかつこうめい）やナポレオンのようにヒーロー視して記述したいと思うからだ。鼻もちならぬ自慢話が続くが、聞いてほしい。

基本方針は決した。そこで、私は、兄嫁、姉、兄夫婦の娘二人を福岡の家に呼び寄せた。全員にたいして、私は、高らかに、こう宣言した。

自信はないけれど、母を奈良に呼びたい。病気がちな子どももいて、自宅で見ることはむずかしい。また、施設をタライまわしにすることにはなるが、母を奈良に連れていきたい。資金は、母の預金を使うが、年一回は会計報告をする。苦しいときは、奈良で手伝ってもらうかもしれないから、よろしく頼む。母の預金がなくなったら、この家を売ろう。これ以外に道はないぞ、と。

そうして、奈良の地図を広げ、この印の付いた病院と施設に入ってもらうつもりだと説明した。私は、いまや「家長」なのだ。みなは、いやおうもなく、同意した。

こうなったら、あとは母の説得だけである。私は、母の好きな活アナゴの寿司を買って、介護施設へと向かった。

「お母さん。しばらく、奈良に来んね。よか病院のあるとよ。奈良なら、僕も毎日行けるとよ。日本一の親孝行息子が言うとやけん。しばらく、奈良に来て」

私が言うと、以心伝心で、母は「そうね。奈良のほうがよかね」と同意した。私は、師とも仰ぐ友人社長に、母を奈良に連れてくるとすぐに電話した。二週間後、この友人から、とある施設を紹介された。よし、ここが最初の入所施設かぁ！　翌日、大学近くのこの施設に行き、入所手続きを急いですませたのはいうまでもない。この日から、母との二人三脚の介護施設と病院めぐりの旅がはじまったのである。

旅のはじまりは、福岡から奈良への母の移送大作戦である。私は、自分の勤める大学のバスケットボール部の部員、男女ひとりずつに声をかけた。二泊三日のアルバイト、プラス博多の寿司が付くぞ、と誘ったのだった。

バスケットボール部員にしたのは、車椅子の母とはいえ、トイレなどでは抱きかかえる必要があるから体力がいるからだ。女子部員をひとり選んだのは、オムツの交換もあるからである。前々日、二人には、カウンターで気前よく寿司を食わせた。もちろん、気分よく働いてもらうためである。

寿司屋から電話して、福祉タクシーの車両の予約も完了。前日は母のところに偵察に行って、体調もよいことを確認して、新幹線に乗せられそうだったから、当日は、私は意気揚々と母のいる短期ステイの介護施設に乗りこんだのだった。

ところが、である。母は、ここで、福岡を離れることに同意などしていないと言いはじめたのだ。前言撤回どころか、もともと同意していないというのだ。えっ、それは話がちがう。では、どうすればと、すったもんだの末に、とりあえず、新幹線の予約の時間の変更をすることにした。タクシーは待たせたままにして。

どうすればよいか、わからない。母が信頼していたヘルパーさんに相談しようと電話したが、あいにく不在である。私は弱りはてた。もう、だめだ。ここで私は、息子の私にしか許されない奥の手を使うことにした。私は、こう言ったのだった。

「では、くさ。奈良行きはやめようたい。でも、この施設は、今日で終わりやけん、別の病院に替わらないかん。ちょっと遠くのね」

すったもんだの末、母は介護タクシーに乗りこんだ。こうして、博多駅に母を運ぶと、待たせていたのに、駅員さんは、気持ちよく応対してくれて、駅の車椅子を用意して車両まで導いてくれた。こうして、四人はグリーン車に飛び乗ったのである。もちろん、グリーン車など贅沢だが、そんなことはいっていられない。

十二時過ぎ、ゆっくりと「のぞみ」は動きだした。新幹線が小倉に着くと、母は降りようとする。小倉の病院だと思ったのであろう。私は、慌てて、「もう少し遠かとこばい」と言う。ならば、広島か、ならば岡山かぁ。息子はまだまだと言う。母は、それならどこと、不安な顔をする。ここはまるで喜劇だ。

もちろん、私はわかっていた。母が福岡に帰ることはないだろう。そんなことなど、ありうるはずもないのだ。この移送大作戦は、母を奈良の地で看取るための大作戦なのであるから。母にとっては、八十八歳にして、はじめて郷里を離れたのだ。もう、新大阪も過ぎた。京都で下車し、近鉄特急に乗せたとき、母はすべてを悟ったようだ。そして、一言、こう言った。

「誠。そんなら、何ヵ月、おればいいとね。奈良に」

私は、

「福岡の病院に空きができたら、すぐたい。すぐ帰るとよ」

と答えた。私は、入所する施設に着くと、施設の職員に、すぐに母にたいして嘘をついていることを知らせた。すると、その職員は、左手を左右に振って、笑いながらこう言った。

「そうなんですよ。そうなんですよ。はじめ入るときは、みなそうなんですよ」

じつに事もなげに答えたのである。あぁ、そうなんだろう。
日本一の親孝行息子の私は、母を騙したわけだが、以後、以下の問答が死の数日前までつづくことになる。

母　いつ、福岡の病院は空くとね。
息子　まだ、空かんとよ、それが。

あるときは、とげとげしく言いあったし、あるときは、挨拶のように、この問答をかわしあった。数百回か。数千回か。しかし、これしか、道がなかった、と私はいまでも信じている。大腿骨骨折（だいたいこつ）による入退院。誤嚥性肺炎（ごえんせいはいえん）による入退院。その合間の介護施設での生活。いくつの病院、いくつの施設にお世話になったのか、数えられない。ぐるぐるめぐる。タライまわしである。私は、この時期、パトロールと称して、地域の病院施設に挨拶まわりをして、なんとなく探りを入れて、次の入院、次の入所のチャンスを探しまわっていた。
そんななか、やはりというか、案の定というか、妻が、体調を崩した。それを機に、私たちは、兵力の増員を図ることにした。週のうちの三日間は、学生のアルバイトに母を見舞ってもらうことにしたのだ。一回に三千円から四千円を支払い、母の話し相手になってもらい、必要な品物の買い物をしてもらうのだ。

これはよい方法だった、と思う。ひとつは、他人が入ることによって、母のあれしてこれしての甘えが少なくなったからである。身内の介護には、するほうにもされるほうにも、どうしても甘えがつきまとう。私も、毎日行くよりも、ストレスが減って、母にやさしくなれたと思う。学生たちも、母の調子がよいときは、昔話が聞ける。高浜虚子(たかはまきょし)という人はね、こんな人でね、色男だから彼女がいてねなどと。

施設や病院によって、大人用おむつのタイプやメーカーに指定がある。水分補給のためのとろみ剤も病院や施設ごとにちがう。したがって、入院、入所時には指定のものを取りそろえるのがたいへんだった。少し高めでも、売店で買えるところのほうが、私にはありがたかった。

もちろん、母が死ぬまで、施設と病院めぐりの旅は続いてゆくのかと思うと、絶望的な気分になったこともある。しかし、いまから思えば、母の最期に立ち会えた息子は、幸福なのではないか、と思ってみたりもする。インドでは、死期を悟ると、ガンジス川の畔、ヴァーラーナシー(ベナレス)に旅し、最期のときを待つ人もいるという。つまり、死を待つ旅をするのだ。かわいいかわいい息子がいて、学生たちもやってきてくれる、奈良で一生を終えられるならば、最高ではないのか。体調のよいときは、息子とドライブにも外食にも行けるのだし。

もちろん、三ヵ月ルールによる転院問題は、私たち母子を最後まで苦しめたが、母の臨終大作戦は、大成功だったと思う。もう、故郷に生きて戻ることはない。息子である私が住む奈良で死んでもらうのだ。だから、私は母を奈良に連れてくるとすぐに、大学の傍の葬儀社と契約した。その葬儀場の家族室で葬儀ができるように手配したのである。

入院費用、入所費用は、月額十万から二十万であった。また、兄嫁や姉、その子どもたちが奈良にやってきたときには、母と相談して交通費を払った。看護の軍資金は、すべて使いきろうと思ったのである。葬式代を含めると、多少の赤字にはなったが、すべて使いきった。母と息子は、七年間の旅を終えたのである。

死の外注化にたいして

ずるいようだが、私には、こんな哲学がある。

死にゆく者を見送るのは、人の人たる義務だ。しかし、送る人の生活の質を低下させることがあってはならない、と思っている。親を看取る場合、子こそが幸福でなくてはならないとすら思っている。子の幸福こそ、親の希求する最大の幸福ではないのか。子も親との時間を楽しむくらいでなければ、親にたいして失礼だと思っている。

私は、十九歳で進学のため郷里を離れて、五十歳まで母と同居することはなかった。七年のあいだに、私はいろいろなことを母と話すことができた。私が、祖父のことや家業のことについて、こんなにもくわしいのは、母から話を聞いているからなのだ。私は、おかげで、この一文が書けている。

文明批判のひとつに、こんな意見がある。現代医学は、生きている期間を延ばすことは充分にしてくれる。しかし、死にゆく人が心静かに死ねるように、時としてあこがれをもって、死者の国に旅立つようには仕向けてくれない。死の瞬間まで、管につないで、死者を生の奴隷にしている、と。

たしかに、これは、現代における死の現実だ。私と母は、胃瘻は拒否したが、点滴と酸素吸入はお願いした。管は、死にゆく者を、この世につなぎとめる鎖であり、しかもこの鎖は死を留め得るものではない。死なないかぎり、この鎖から解放されることはないのである。

祖父祖母までは、自分の家で死ぬことができ、自分の家であの世への出発式たる葬式ができた。四十年前まで、医師は、家で死ぬことを奨励したのだ。父は、病院で管につながれて死んだが、家で葬式をした。兄は、病院で死に、葬儀場から死者の国に旅立った。では、母はどうであったか。死を前にして、息子に騙されて故郷を離れ、七年間も病院と施設をタライまわしにされた挙句のはて、葬儀場から旅立った。死の外注化が、どんどんと進んでいるのである。

もちろん、ノスタルジーでこの四十三年間のことを語ることもできる。死の外注化を批判することは簡単だ。病院、葬儀社による死のアウト・ソーシングは、現代人から死をどんどんと遠ざけているといえるだろう。女たちは全員割烹着を着て、四日間で数百食の食事を作る軍団となり、家族や親類は、死にゆく者のために時間も、お金も惜しまなかった。儀礼はしっかりと執行され、生者は心をひとつにして死者を見送った。そういう豊かな葬礼の文化が、この国にはあったのだ。しかるに今は、そのほとんどを病院、施設、葬儀社に外注しているではないか。現代における死者を取り囲む環境は、人間性に欠ける。死をめぐる文化は痩せ細った、と。

しかし、こういった議論は、むしろ、現実を直視しないことから起こるひとつのロマンチシズムだと思う。ひとつの懐古趣味だ。

たしかに、一九七〇年代までは、家族も親類も、死にゆく者、死者のために時間もお金も割いていた。葬儀というものを、実際に支えていたのは、地縁、血縁のネットワークであった。このネットワークは、ある意味、生のセイフティ・ネットであった。それは、困窮者を助ける役割も担っていたからだ。

私が子どものころは、親類の子どもを、特別な事情のあった場合、半年間も一年間も預かることがあった。また、まわりの親類たちも、その子のためにできうるかぎりの援助をしていた、と思う。しかし、もしいま、そんな相談をもちかけられても、私にはどうすることもできない。一週間たりとも無理である。

つまり、ネットワークの構築と維持をするためのお金と時間のコストを、父母の時代まではかけていたのだ。子どものころ、醤油やソースを隣家に借りに行ったことがある。いまはそんなことをする必要もないし、したくもない。けれど、当時は、そういう助けあいのなかでしか、私たちは生きてゆけなかったのである。地域の祭りも協力しないとおこなえなかった。また、逆に祭りを通して、地縁のネットワークを作っていたのだ。父母の時代までは、家族以外の冠婚葬祭のために、時間もお金もかけていた。だから、盆暮れの贈物がたいへんだったのだ。つまり、血縁、地縁のネットワークを構築・維持するために、私たちは、それなりのコストをかけていたのである。

子どものころに一度も遊んだことのない親類同士が、成人の後につきあいをはじめたとしても、うまくゆくはずもなかろう。葬儀をはじめとする寄り合いは、子どもを将来のネットワークに組みこむための大切な機会であり、しかけだったのだと思う。一方、このネットワークは、私たちの重荷にもなっていた。昔の葬儀のあれやこれやをいま思い出してみても、理不尽なことばかりだった。

もちろん、現代の私たちは災害のボランティア活動などを通じて、新しいネットワークを作っている。それは、人と人との絆を深める行為であり、いまとなってはなくてはならぬネットワークだ。しかし、ボランティア活動は、する側もされる側も、互いの人生に深くかかわりあうことはない。けっして、私は現代のボランティア文化を否定する気はないが、ボランティアとは、互いの人生には深くコミットしないという暗黙のルールのうちにおこなわれる助けあいであることを忘れてはならない。いや、深い関係を避けるためのシステムなのだ。

祖父の葬儀の折、台所には、つねに十名を超える女衆が二十四時間態勢で忙しく働いていたと思うが、それほどの人間が働くことを想定した住居設計など、いまとなってはありえないだろう。私たちは、家族は大切にするけれども、血縁、地縁のネットワークのために、コストをかけていないのだ。そのため、私はひとりぼっちとなってしまった母の見送りを、ひとりで背負いこむことになってしまった。母ひとりの死ですら、背負いこむことは重かったが、それはしかたのないことであり、自業自得であったと思う。

でも、私は、後悔したくない。それが、二〇一六（平成二十八）年の、いまの死のありようだった、と思うからである。

最期の日

誤嚥性肺炎と大腿骨骨折の入退院。そのたびに、母は小さくなっていった。最後の一年は、中世の地獄絵に登場する餓鬼の姿のようになってしまった。もちろん、医学的には「低体重症」というべきだろうが。

一回だけだが、私は医師の言葉にあらがったことがある。死ぬ三ヵ月前のことだ。私は、こんなに痩せ細っていても、大腿骨に人工関節を入れる手術をするのかと医師に食い下がったのである。

「こんなになっていても手術をしなくてはならないのでしょうか。そのまま放って、置いておくことはできないのですか」

すると医師は、紳士的にこう教えてくれた。

「たしかに昔は、そういう選択肢もありました。そうしていたのです。しかし、それでは本人が苦しみます。痛くてオムツの交換もできません。介護のためにも手術は必要なのです」

医師の言葉に、なるほど、そういうものかと思いなおして、手術をお願いしたことがある。しかし、その手術は成功したかに見えたが、三日後に母が不用意に足を動かしてしまい、人工関節のいわゆる脱臼とあいなった。もちろん、再手術である。そして、その直後に、危篤となってしまったのである。じつに、母は、死の三ヵ月前まで手術を受けていたのだ。

こうして、私は、母の最期の日を待つ身になった。ところが、一時的に母の容体が回復したのであった。私が、家族を呼び寄せると、元気を取り戻してくれたのである。すると、無情な三ヵ月ルールが、この病院でも厳格に適用されることになった。

「もう、おわかりのことと存じますが……」

と看護師長さんから切りだされたときには、なぜか笑ってしまった。笑ってしまったことは、いまもありありと覚えている。こんなときでも、転院なのかぁ、と。また私たち母子は、転院となった。母と息子の旅は、この病院では終わらなかったのだ。

これまでに五回か、それとも、はて七回。そして、次の転院先で、母は死んだのであった。転院して三週間後のことだった。

衰弱の進み具合の説明を毎日聞きながら、私は最期の日を待った。もちろん、一日でも長くと思うが、それはきれいごとだ。当時、私はスマホを握りしめ、いつでも飛び出せるようにして、外出着で寝ていた。第一報が入ったときの言葉は、「来たなぁー。ついに！」であったと思う。葬儀社に一報すると、ほどなく迎えの車が来た。夜十時に葬儀場の家族室に私たちは入った。

ここまでは、計画どおりだ。葬儀社の職員は深々と一拝すると、パソコンのタブレットを取りだして、画面にさっと一覧表を映し出して説明をはじめた。

「お客さまには、〝安心プラン〟のご契約をうけたまわっております。上段の部分は、すでにプランで決まっております部分です。上段にあるお棺、お骨壺、葬儀場使用料……は、このプラン内の料金に含まれますから、代金は発生しません。ご安心を。しかし、追加といいますか、オプショナルがございまして……」

そうして、次々にサービスとオプショナル料金について説明してくれた。小気味よいほどに、よどみがない。

おもしろかったのは、客が必要なオプションをクリックしてゆくのだ。私がすべてのチェック項目にチェックを入れ、クリックすると、たちまちにオプショナル料金の総額が提示された。私がクリックして選んだオプショナル料金の総額だ。はぁ、そんなもんかぁ、予算どおりにはゆかないものだぁ、と私は思ったものの、このシステムは明朗会計でよい、と思った。安心だ。とにかく詳細なのである。

ただ、すでに安心プランの料金のうちに入っていたのに、利用しなかったサービスもある。まず私は、最初から家族葬と決めていたので、葬儀場は使わなかった。だから、すべて家族室内でおこなうこととした。ここなら、キッチンもベッドもバスもある。まぁ、3LDKのマンションというところか。家族室だから祭壇も作ってもらわなかった。また、遺影も作らなかった。大判に焼いた母の写真を五枚ほど用意し、それをアクリル板で飾る用意を、あらかじめしていたからである。花の項目は、生花、造花どちらも不要のところをクリックした。けっきょく、遺体の前に机を置いて、アクリル板の写真を五枚飾って、母の句集を置いただけである。いちおう、母は福岡を代表する俳人だったのだから、自選句集は置いてやりたかったのだ。

葬儀社の係員は、そんなに削るとプランにしなかったほうが安くなったはずだと恐縮顔だったが、私はそれでもよいと思った。私には、この葬儀社と契約した理由がちゃんとあったからだ。

葬儀社の建物は勤務先の大学の二〇〇メートル下手にあり、その家族室に寝泊まりして、大学に出勤できる。私は、母が死んでも、絶対に休講にはしないと心に決めていた。けっきょく、その日から四日間、母と家族室に寝泊まりし、日中は大学で講義をしていた。折しも、大学の通信制学部のスクーリングの授業があって、三日間朝から晩まで、全国から集った百三十名のスクーリング受講生とともに『古事記』を読んでいたのだ。

また、姉一家、兄嫁一家には、こう言った。通夜は、仮通夜も本通夜もなく、一夜のみで、翌朝に告別式をおこなう。だから奈良近辺で、自分で宿を見つけて、一泊するようにしてほしいと。もちろん、交通費と宿泊費は支払った。

通夜と告別式の飲食は一回のみ。火葬場での待ち時間のあいだに、昼食を取る必要があったからだ。昼食は、葬儀社の家族室に戻り、仕出しの寿司を食べた。お坊さんも、友人の融通念仏宗（ゆうずうねんぶつしゅう）の僧侶に数年前から頼んでおいたので、スムーズだった。枕経と通夜と告別式の三回のみの出仕を願ったのだった。

もちろん、葬儀には自慢したい独自の部分もある。生花と造花の代わりに、通夜に集った人びとに、折り紙を折ってもらったことだ。それぞれの知っている折り紙を折ってもらい、遺体の前に飾ったのである。そうして、出棺時には、それを棺に入れたのだ。これは、私のオリジナルの演出で、互いに折り紙を教えあう姿を母に見せたかったのである。もちろん、香典はなしだし、平服参集である。しかも、葬儀、通夜の司会も、私がした。会葬の挨拶など、あろうはずもない。「ごくろうさま」の一言で、終わりだ。

◆私と葬儀のかかわり方

死　者	私の立場	参集者	葬儀形式	湯灌儀礼
祖父（1973年）	男衆の最下位者	家族、地縁者、血縁者、取引先、友人＝200名	一般葬	祖母、母と私
祖母（1983年）	父母を助ける立場	家族、地縁者、血縁者、友人＝100名	一般葬	母と私
父（1987年）	母と兄を助ける立場	家族、地縁者、血縁者、友人＝100名	一般葬	病院任せ
兄（2008年）	母と兄嫁を助ける立場	家族と友人＝30名	家族葬	病院任せ
母（2016年）	母を見送る立場	家族と介護を手伝った学生＝15名	家族葬	業者任せ

※「家族葬」という言葉が生まれたので、従来型の葬儀は「一般葬」といわれるようになった。この名称を本表では用いることとする。

参集者は、母の入院時にお世話になった友人二人、見舞いのアルバイトの学生六人、そして姉、兄嫁、その子どもたちで十五名ほどだった。お骨は、奈良の自宅に四十九日の前までお祀りし、新幹線で福岡の家に連れて帰った。行きはグリーン車だったが、帰りは自由席だ。四十九日の法要は、菩提寺のご住職に来ていただいた。読経してもらい、みなで外食して、それで終わりだ。

葬儀は必要なのか

私は、奈良で母に死んでもらう決意で、母を騙して奈良に連れてきた男だ。だから、母の意向をなにげなく聞きつつ、自分なりにすべて作戦を立てて、葬儀の実行マニュアルを作っていた。率いるべき家もないが、いまや私は「家長」なのだ。すべては、私の一存で決めると決めていたから、迷いなどなかった。あの男衆の夜を徹した話しあいも、当然ない。

家族葬としたのは、母の家外での活動は、ほぼ八十代前半で終わっており、九十四歳ともなれば、その友人たちも葬儀に出席できる状態ではないからである。まして や、福岡ではなく、奈良なのだ。そう考えると、家族葬以外には考えられなかった。また、私は外からやってくる弔問客に気をつかう葬儀のありかたにも、どことなく反発していたから、家族葬でよいと思っていたのだ。

ただし、私の考えかたは、葬儀の必要性を否定するものではない。人が社会的存在である以上、その死も社会的存在だろうから、儀礼そのものを否定することはできないと私は考えている。

葬儀などの死後儀礼を拒絶してしまった場合は、拒絶したこと自体に社会的意味が生じてしまうのである。つまり、葬儀をしなくても、したことと同じなのだ。

一方、現代人は、前述したように、従来の葬儀を支えてきた地縁と血縁のネットワークの構築と維持に、しかるべきコストをかけていない。そうすると、かつてと同規模の葬儀を維持しようとすれば、葬儀社、仕出し屋などに外注する部分がどうしても多くなってしまうのである。終末期もそうだ。私たちは、介護施設と病院に、死にゆく人を託しているのである。死の外注化である。外注化といえば、保育所、幼稚園だって、子どもの養育の外注化ではないのか、と思ってみたりもする。

私は、母の預金から、葬儀に参集した家族全員に交通費と宿泊費を支払った。これは、母と相談してあらかじめ決めていたことだった。支払えるのならば、支払ったほうがよいと、私も母も考えていたのだ。同じ家族といっても、さまざまな経済状態のなかで生きているのだし、葬儀に出席することで、その生活に支障が出ることだってあるはずだ。その支障は、できるだけ小さくしたほうがよいに決まっている。

香典と香典返しのいわゆる社会儀礼化した「贈与」は、かつては社会的ネットワークの構築と維持のために支払われる当然のコストだった、と思う。しかし、現代では、ほとんどの葬儀は、「香典、供花等の儀は、固くこれを御辞退申し上げます」ということになっている。私たちは、かつてのように地縁、血縁のネットワークに頼らず、互いの生活や生きかたにも、深く関与しないという選択肢を、すでに選んでしまっているのだ。私が、仕事を一日たりとも休みたくなかった理由も、ここにある。

ただし、特定の地域に住みつづけ、特定の家業というべきものを継続的におこなってゆく可能性が高く、かつその後継者がいる場合においては、当然、従来規模の葬儀をおこなうべきである、と思う。葬儀は、家業の継承儀礼にもなるからだ。そうすると、あのやっかいな焼香の順番についても考えなくてはならない。なぜならば、焼香の順位が、死者を取り巻く序列を表象するからだ。葬儀開始の直前まで神経を擦り減らす、あの葬儀を続けなくてはならないだろう。

だから、私は葬儀不要論者ではない。愛児の突然死などの場合、むしろ葬儀がなくては、生者の生きる気力さえも失われるであろう。弔問客の言葉がけが大切なときだってあるはずだ。人間が社会的存在である以上、葬儀は必要だと思う。

ならば、わが家はどうか。家族といえども、それぞれの地域で、それぞれの人生を歩み、互いに関与せずに生きているわが家の場合、とにかく葬儀による生活のダメージを最小限にしたかったのである。

ただし、次のふたつのことだけは、私も悩んだ。

ひとつは、戒名のことである。

いま、戒名料が高額であることが話題となり、社会的にも批判にさらされている。しかし、私は、そうは思わない。というのは、戒名料という名の寺院維持費が存在するのだ、と考えているからである。菩提寺を維持するために檀家はあるのだから、払って当然だと私は思っている。

もちろん、値段によって、格差がつくのは、かの墓合戦と同じくつまらないことのように思えるけれども、しかたあるまい。最近では戒名を不要と考える人もいるし、近親者の戒名を自分でつけようとする人も多くなってきた。はて、母の場合はどうすればよいか、私は思い悩んだ。じつは、わが家は、曽祖父の代から、ほぼ最高ランクの戒名をもらっている。はたして、その支払いに、いま、耐えられるか、不安だったのだ。

しかし、最終的には、戒名の下賜を受けようと、私は判断した。もちろん理由があってのことだ。少なくとも、父母の代、兄の代までは菩提寺の檀家として、さまざまなかかわりを持っていたのであり、これだけは自分の一存で軽々には決められないと思ったからである。私は、率直に住職に、いまのわが家の経済事情を話し、納められる金額を話しあった。そうして戒名をもらうことにしたのである。従来どおりの最高クラスの号だが、これは菩提寺側の配慮であろう。父の戒名と比べても遜色がない。戒名のことは、私なりに悩んだところであった。

そして、もうひとつ、悩んだことがある。それは湯灌のことだった。

二〇一六年の「ご湯灌」

話は、母の死の直後に戻る。あのタブレット端末で、葬儀のオプショナルを決めていたときのことだ。

選択肢のなかに、「ご湯灌」という項目があったのだ。あぁ、と思って価格を見ると、かなりの高額だ。逡巡していると、葬儀社の係員は、こう説明してくれた。

「〝ご湯灌〟は、かなりの高額となっておりますが、サービスを見ていただきますと、お値打ちと存じます。特別編成のチームでおこなうものですから、こういう価格になっておりますが……」

私は一瞬、それなら湯灌を自分でしようと思ったが、ふとあの日の恐ろしさが私の胸によみがえった。まさか、誰かに助けてもらうわけにもゆくまい。そして、私は係員にうながされるまま、「ご湯灌」の項目をクリックした。

係員は、その場でその葬儀社の本部に電話をかけた。

「ただいま、上野さまのオプショナルで、〝ご湯灌〟を承りました。明日の夕方で可能でしょうか?」

いくつかのやりとりの後、翌日午後六時に「ご湯灌」のチームが来るということになった。はて、そのチームなるものは、いかなるものなのだろうと私は思いつつ、到着を待っていた。

午後六時少し前のこと、「ご湯灌でございます」と外から呼ぶ声がする。チームがやってきたのだ。全員で五名。みな、黒いエプロンをし、名札を付けている。

丁重に母に一拝したチームは、てきぱきと準備をはじめた。私は、家族室にある浴室を使用すると思っていたのだが、それはちがっていた。小太りのチーフが、それでは準備させていただきますと言うと、ワゴン車から大きなジュラルミン製の板などのキットが次々に運びこまれてきた。そして、さっとビニールシートが部屋に敷かれた。そうか、家族室の座敷の遺体の前でやるのか、とようやくわかった。ジュラルミンの板をどう説明したらよいのかむずかしいが、縦二メートル、横一メートル幅くらいで周りには囲いがついている。囲いは、高さ二〇センチくらいか。昔のアルミ製の弁当箱の蓋を巨大にしたようなものだ。

そうか、ここに母の遺体を置くのだなとわかるまで、私は組み立てのようすを食い入るように見つめていた。そのミニ浴槽の底の上部、すなわち頭の部分には、やや高い固定台が置かれている。なるほど、足のほうが低くなるようになっているのだ。足のほうには穴が開いているから、ここから水が流れ出すようになっているのだろう。

準備が終わると、チーム全員が深々と一拝した。すると、全員、いっせいにビニール手袋をしはじめる。そうして、数人が、やさしく母を抱き上げると、服を脱がし、傾斜している浴槽に寝かしつけた。足元の穴にはホースがつながれたようだ。ホースの先にはポンプが付いていて、流れたお湯がタンクに入るようになっているしくみだ。ここで、どこから運んできたのか、湯が入った大きな桶が運びこまれてきた。このお湯を柄杓でかけながら、身体が洗われてゆくのだ。

しかし、私は体洗いが始まったとたん、後方に下がって、しゃがみこんでしまった。以降、母を直視することもできなくなってしまった。脂汗が容赦なく噴き出してきた。

洗い終わると、チーフが、最後のお湯だけは、ご親族さまがお流しくださいと私をうながした。私は恐る恐る一拝して、桶から湯をすくう真似をして、空の柄杓で母の体に湯をそそぐ仕草だけをした。儀礼だから、真似でよいと咄嗟に考えたのだ。とにかく早く、少しでも早く、それをすませたかったのである。

ほとんど目をつぶり、裸の母を直視することなどできなかった。そして、心のなかで、こうつぶやいた。これは、母などではない。母は、こんなに痩せてはいない、と。このあと、入念な死化粧がおこなわれたが、私は部屋の外に出てしまったので、そのようすは見ていない。

次に母を見たのは、入棺後である。このチームが入棺してくれていたのだった。見わたすと、キットはすでに撤収されていた。母を洗い清めたお湯は、回収タンクに入っているのだろう。そのお湯はどうしたのだろうかと思ってみると、チームのワゴン車に積みこまれていた。私は不思議に思って、

「このお湯をここで流してもよいのに、どうして持って帰られるのですか？」

と聞いてみた。するとチーフは、こともなげに、

「ご遺体を洗ったお湯は、ご依頼先では流してはいけない規則がありますので」

と答えた。さすが、プロだと私は思った。

自分はいくじなしである。けっきょく、臨終のときに手を握って以来、母の体を触ることはなかった。あとは、箸で骨をつまんだだけだ。

もちろん、心残りではあるけれど、そのときの自分の心を責める気にもなれない。どうして、自分で母を風呂に入れてやれなかったのか。どうして、母を抱きしめてやれなかったのか。私は、その姿に慄き、怖くなってしまったのである。愛惜の気持ち

はあっても、畏怖のほうが勝ったのである。ゴム手袋をしたプロのチームによる湯灌では、かわいそうだったかもしれないが、そのときの私には湯灌できなかったのだ。七年前、私は母を騙して奈良に連れてきた。その日から、とにかく、ものごとを割りきって考えるようにしてきた。とにかく、できることはたくさんしてやって、楽しませて、楽しませて、歓楽を尽くさせて死なせたい、と。

しかし、自分の家庭が壊されたり、自分の仕事のペースが乱れることは、絶対にしたくなかった。母も、そう思っていた、と信じたい。そのためには、どうすればよいのか。私は必死に考えた。それは私のこれまでの人生のなかで、最大のプロジェクトであり、私は大作戦と呼んで、人生の苦境を秘かに楽しんでいるところもあったのだ。私は、この大作戦に成功し、勝利を収め、あの小ぢんまりしたお墓に、母の遺骨を納めた男なのだ。勝利も勝利、大勝利だったと思う。

では、私は、いったいなにに勝利したのか。

それは、フィリップ・アリエスのいう「野生の死」にたいして勝利したのである。十九世紀まで、人類は、死というものが不可避であるならば、それを飼いならして共存するしかなかった。ところが、近代医学は、血清やワクチンによって、一時的にせよ、死を遠ざけることに成功した。すると、人間は、突然死を恐れ出したのだ。つまり、医学が発達すればするほどに、人びとは死を恐れるようになっていったのである。飼いならされていた死が、野生の獣のように人に襲いかかる存在になってしまったのである。アリエスは、この状況を、「飼いならされた死」にたいして「野生の死」と呼んだのである。それは、死というものをコントロールするすべが逆になったからである。

中世の人びとは、ウジ虫が湧いた死体までも彫刻したり、絵に描いたりして、身のまわりに置き、死を飼いならしていたのである。

いま、私たちは、医学の発達によって、死を恐れるようになったし、身内の死にいたる介護は、個々人の生活を崩壊させるような脅威になっているのである。この恐ろしい死、凶暴な野生の死に私は勝った、と思うのである。

しかし、湯灌のことだけは、心残りである。

「嘘」と「演技」

入退院のくりかえしのなかで、私と母は互いに、それが終わりに近づいてきたことを悟るようになっていった。もちろん、私とて人の子だから、母に励ましの言葉もかけるのだが、くりかえしの入退院となると、これでもダメなのかなぁ……と少しずつ思うようになってゆくものなのだ。母もまた、同じことを考えはじめていたはずだ。そんなときにドキッとしたことがあった。

「誠はね。私が死んだら、介護記ば書いて、儲けにゃあ、いかんばいー」

と言うのだ。もちろん、私は「売れるなら書くたいね」と応じた。それが、せいいっぱいの応答であったのだ。そうして、今その介護記を書いているのだが、書きながらふと、思うことがある。どう書いても、なんだか「嘘」になってしまうのである。「語る」という行為は、今、現実にそこにはないものを言葉で表現するわけだから、いわば「嘘」なのだ。どう語ったとしても、自分の体験や心情のすべてが表現できたとも思えないし、淡々と事実を書き連ねたとしても、デフォルメして書いたとしても、やはり「嘘」は「嘘」なのだ。

そんな悩みを、編集者のYさんに話したところ、「上野先生、茂吉の『赤光』だって、歌にするということは、嘘といえば嘘だと思いますよ」とのアドバイスを受けた。そこで、そんな目で『赤光』を読んでみた。まことにお恥ずかしい限りなのだが、一部の歌は知っていたが、『赤光』を読んだことはなかったのだ。『赤光』は、死にゆく母を歌った斎藤茂吉のデビュー作である（以下、引用は「初版赤光」『齋藤茂吉全集』第一巻、岩波書店、一九七三年、初出一九一三年）。

　　みちのくの母のいのちを一目みん一目みんとぞいそぐなりけれ

は、なんとなく中学で習ったことを覚えていた。しかし、考えてみれば、ここには、急ぐ自分を遠くから見る、もうひとりの自分がいるのである。

おう、こんな歌もあったのかと思ったのは、次の歌だ。

　　我が母よ死にたまひゆく我が母よ我を生まし乳足らひし母よ

　　のど赤き玄鳥ふたつ屋梁にゐて足乳ねの母は死にたまふなり

いのちある人あつまりて我が母のいのち死行くを見たり死ゆくを
ひとり来て蚕のへやに立ちたれば我が寂しさは極まりにけり

このあたりは、まさしくドキュメンタリーではないか。おそらく、明治の知識人の母の死に接したときの思いとして、多くの読者が感銘深く読んでいたところであろう。が、しかし。母の死に接した私と、母の死を歌に表現しようとする私の二者がいないと、これらの歌々は出てこないはずである。このあたりは、品田悦一『斎藤茂吉異形の短歌』(新潮社、二〇一四年)に詳しく、それに譲るが、やはり、「死にたまふ母」とは、読者を想定した不思議な言いかたなのである。つまり、茂吉も演者のひとりだったのではないか?

ここまで、『赤光』を読んで、わかったことがひとつあった。じつは、私も母も、演じていたのではないか、ということである。つまり、私は、次男坊なのだが、長男の死によって健気に母を看取ろうと介護する息子役を、母はその息子に精神的負担をかけまいと、気丈にふるまう母役を演じていたのではないか。しかも、そこには、互いに万葉学者、俳人という気取りがあるのである。つまり、母も母で、死後に文章が残ることを意識していたし、私のほうにも、書いてやろうという思いが心のどこかにあって、母にそれを見透かされていたのかもしれない。

もちろん、茂吉には茂吉の苦労があり、悲しみがあったことは事実だ。私もそうだ。しかし、それを歌や文章にして、発表するということは、そのどこかに、演じる心がなくてはできないことなのである。

では、そういう気持ちを、不純なものとして唾棄してよいかといえば、それも違うような気がする。そういう演じる心がなければ、歌も文章も残らないからだ。やはり、語るということは「嘘」を語るということなのだ。だとしたら、後世には「嘘」しか残らないことになる。でも、人はその「嘘」に感動もするし、その「嘘」から多くのことを学ぶこともあるのである。

思えば、私は母を奈良に引き取った日から、演技を始めていたのではないか。孝行息子という役だ。そのどこかに文学青年としての一面を持っているように自己を演出しようとしていたのではないか。一方、母は母で、博多育ちの気丈な「ごりょんさん」で、二人はともに文学の仲間で、心のどこかで通じ合っているという演技をしていたのではないか。

してみると、演技し合っていた母と子を、今はライターとしての私が再構成して語っているということになるのかもしれない。なるほど、「嘘」とは、これほどまでに奥行きが深いものなのだ。

挽歌の心理

近親者の死について書こうとするとき、そこには、大きな問題が立ちはだかる。それは、書き手の「私」と近親者との関係を、常に読み手に露出することになるからである。つまり、近親者の死について語ることは、常に己を語ることになるのだ。その虚実については、斎藤茂吉の歌を手がかりに、縷々述べたところでもあるのだが、ここからは、古代の歌、それも『万葉集』から考えてみたい、と思う。

ふと気がつくと、『万葉集』と出会って四十年以上の時間が経ってしまった。たいした学者ではないにしても、多くの学術論文を書き、啓発書も書いて、テレビにも専門家として出ている身だ。だから、自然、自然と、頭のなかが『万葉集』によって整理され、考えかたも万葉的になっていることもあるようなのだ。

『万葉集』の巻第二には、天智天皇（六二六—六七二）が亡くなったときの挽歌が収められている（巻二の一四七〜一五五）。そのなかに、こんな歌がある。

天皇の聖躬不予（みやまひ）したまふ時に、大后（おほきさき）の奉る御歌一首

天の原
振り放（さ）け見れば
大君の
御寿（みいのち）は長く
天足（あまた）らしたり　（巻二の一四七）

【訳文】

天の原
その天上世界を振り仰ぎ見れば——
大君の
御寿は長く長く……
天に満ち溢れている！

天を仰ぐといっても、ほんとうに天皇の御寿があったのか、それはわからない。ただ、はっきりといえることがある。それは、「私には、天皇の御寿が見えたのだぞ」と断言していることである。しかも、長く長くある御寿なのである。

天皇は、このとき、「聖躬不予」すなわち危篤であった。つまり、これは危篤の天皇にたいして献上された歌なのである。「天皇さま、私は空を仰ぎました。するとそこには、天皇さまの御寿が長く長く見えました。天皇さま、大丈夫ですよ。長く長く生きてください」というメッセージがそこにあるといえるだろう。いわば、大后からの励ましの歌なのである。大后が、そういう励ましの歌を献上しなくてはならなかったのは、まさしく、天皇の命が尽きんとしていたからにほかならない。

介護している者には、誰でもわかることなのだが、日々落ちてゆく近親者の体力や判断力を、はっと悟る瞬間がある。その瞬間、次のようなことを思う。このまま下降曲線をたどった場合、いつがその下降曲線の終焉になるか、と考えてしまうのだ。はっきりいえば、介護されている者の死だ。もちろん、いつまでも長生きしてほしいとは、思っている。しかし、その近親者の死が、介護から解放される日となるのである。重荷を下ろす日となるのだ。その日数を知らず知らずのうちに、読もうとしてしまうのである。

私の場合それは、一度目の母の危篤のときからはじまった。医師から、

「かなり厳しいですね。覚悟も必要かもしれません。今すぐというわけではありませんけれど……」

と伝えられた瞬間のことは、今も忘れない。私は、母の写真のなかから葬儀の遺影になりそうなものを捜して引き伸ばしたし、近くの家族葬の葬儀場をインターネットで調べたりもした。こう書くと人格が疑われそうだが、遺産相続についても、考えた。しかし、考えてみれば、母親の預貯金から介護資金を捻出し、さらには介護資金捻出のために、母親の所有地も売却しようとしていたのだから、手持ち資金がいつまで続くのかということは、常に考えていた。「一日も長く」という気持ちと、「もう介護する側がもたないから、ほどよきところで」という気持ちが混在していたのも、また事実である。

話を大后の歌に戻すと、大后は天皇の命の永遠を断言する歌によって、天皇を励ましたことはまちがいない。しかし、それは天皇だけに向けられた言葉ではなかった。大后として、そう歌うことが要請されていただろうし、この歌が公表されることを念頭において歌われたことも事実だろう。

つまり、天皇と自分との関係、その今が露出してしまうことを念頭に、歌が作られていたはずなのである。でなければ、わざわざ思いを歌に託する必要もないし、それが大后の歌として残され、『万葉集』に収載されることもなかったはずである。近親者の死を歌うということは、常に己を露出させるということにつながってしまうのである。

以上のように書いてしまうと、では、なにゆえに私は、本書を書いているのかということが、読者から問われるであろう。もちろん、印税のこともある。その点では、母親の死を喰いものにしているとの批判も受けねばならない。しかし、それだけではない。あえて理由をつけるとすれば、己を始発点とする家族小史、民俗誌を残し、そこから近代における介護と死、そして古代文学研究者が感じた死に対する感覚を書き残しておきたい、という願いからである。それがいつか、フェルナン・ブローデルやフィリップ・アリエス、宮本常一のような学者に見出され、庶民の生活史の一断面を知る資料となることを、秘かに念じているのである。そして、私もいち早くその読者になりたいと願っているのである。

さらに、万葉挽歌から、自己省察の思惟を続けよう。

介護をする側と、介護をされる側に、一種の親密感が生まれることもある。息子である私が母を介護したのだから、介護で親密感が生まれたというのも、おかしな言いかただが、今までとは違った関係性が生まれることも、また事実である。もちろん、それは、愛憎あいなかばするものであるから、大きく憎しみのほうに振れる場合もある。一方、母と接する時間が多く、母も息子の私を頼ることが多くなると、ほかの家族には立ち入れない心の領域ができてしまうものなのだ。
　天智天皇の場合、多くの妻が後宮にいたのだが、彼女たちは互いにライバルとして寵愛を競い合っていた。大后は、その後宮の主宰者であるから別格であったろうが、それでも競争者はいたはずである。天皇が亡くなったのちに、大后はこんな歌を残している。

　天皇の崩(かむあが)りましし後の時に、倭大后の作らす歌一首

人はよし
思ひ止(や)むとも
玉かづら
影に見えつつ
忘らえぬかも　（巻二の一四九）

【訳文】
他人のことはどうだか知らない……
たとえ他人は思うことを止めるかもしれない――

（でも私は）玉かづらではないけれど……
かの人の面影がしきりに見えて
忘れられない（けっして、けっして）

「人はよし思ひ止むとも」の意味するところはじつに深長である。人は人、私は私である。他の人は、もう天皇への思いは止めてしまうかもしれないけれど、私はそうではない。亡くなったのちも、私はずっとずっと思いつづけるのだという思いが、ここにはあるのだ。つまり、自分の思いが、他人に勝ることを誇示する意味合いが生まれてしまう表現なのである。

大后は、自分の思いは深いから、他人には見えなくても、夫である天智天皇の影が見えるのだと思っているのである。これは、私こそ、夫の心を独占する者なのだ。私こそ、夫を唯一思いつづける者なのだという宣言にほかならない。

これからのことは、あまり正直に書きたくないところなのだが、介護の中心となった私と母との間には、割って入りこめない世界があるというような感覚を、他の家族たちはもったのではないか、と思う。もちろん、互いに口には出さないけれど、そういう空間ができあがってしまっていたような気がする。

その根源は、介護される者とする者との間にできあがってしまった新たな関係性にあることはまちがいない。さらに、もうひとつ理由があるとすれば、介護に深く関わらなかった他の家族たちの罪悪感のようなものであろう。葬儀の際に私に向けられた言葉の多くは、七年に及ぶ介護にたいするねぎらいの言葉であった。しかし、私は縷々述べたように、いろいろ考えた末に、母親を奈良に引き取るという決断を下したわけで、ましてや、にわか長男となった私の務めであったはずだ。しかし、それは、取りも直さず、母を私が独占することにもつながっていたのであった。

近親者が死んだあと、さまざまな軋轢が生まれる背景、その背景の奥深いところには、そういう心の葛藤があると、私は思う。介護の関わりかたによって、心の粗密が生まれてしまうのである。幸いにして、わが家の場合、そういう気持ちがぶつかりあうことはなかったけれども……。しかし、私は、そういう気持ちをもってしまったことを、ここに書き残しておきたいと思う。

「人は思いを止むとも」私は思いつづけるというような心情が私にないわけではない。たぶん、長いつきあいの編集者に頼みこんでこんな本を出したいと願った私の心の奥底にも、母を独占したい気持ちがどこかにあるような気がする。しかも、その奥には、自己を露出させ、他人にそれを見てほしいという思いがあることも偽らざる事実なのである。

われもまた逝く

柳田國男いわく

広くいえば、日本における葬送儀礼は、儒教の礼教主義を基盤としている。正しき礼、正しき教えを実践することが、人が生きるうえでもっとも大切なことであるとする考えかたである。

孝ということでいえば、親を敬うことであり、また親の親を敬うことでもある。親が死ねば子は手厚くこれを葬り、その子も親となって子から手厚く葬られることになってゆく。これを平たくいえば、「ご先祖さまを大切に」ということになろう。

柳田國男は、日本における死者供養のありようを見渡したうえで、死とは新たにあの世に誕生することであり、死者供養は死霊を、子どもを育てるように養育することだ、と喝破した。そして、「成人」ならぬ「成仏」させるのだ。だから、〈湯灌〉と〈産湯〉、〈初七日〉と〈お七夜〉、〈四十九日〉と〈おくいぞめ〉などの諸儀礼が対応しているのだというのである。

この先祖祭祀の考えかたは、子が親を祀りつづけるという家の永続を前提とした考えかたである。柳田は、家の永続こそ、日本人の幸福の源泉であると考えていた。だから、それは実態分析というよりも、柳田が戦時中に望んでいた家の祭祀のあるべき姿を語ったものにすぎないと戦後批判されることになったのである。

じつは、柳田の考えかたの背景には、次のような重い課題があった。それは、太平洋戦争によって多くの若者が未婚のまま死んでしまったことに由来する。その死者たちの供養をどうすればよいのかという、当時の重い課題があったのである。未婚のまま死ぬと、子がいないわけだから、将来祀り手がいなくなってしまうのだ。だから、私は、これを「柳田祖霊神学」と呼び、嘲笑するような態度も安易だと思っている。柳田は、柳田なりに、時代に思いを馳せていたのだから。

一方、宗教学者のヘルマン・オームスや民俗学者の坪井洋文ら（つぼいひろふみ）は、イデオロギー批判は批判として受けとめつつ、柳田の考えかたを通して、日本人の死生観を考えてみようとした。ふたりは（とくに坪井）、これをみごとに図化している（一六三頁）。

一方、柳田國男を師と仰ぎつつも、つねに鋭い批判で独自の民俗学の道を切り拓いた学者がいた。折口信夫（おりくちしのぶ）である。

折口は、柳田の示した神学には、非業の死者の供養のありかたや祟りなす死霊供養にたいする考察が抜けていると批判し、多様な他界観を示そうとした。柳田と折口は、学問方法も着眼点もつねに真逆なのだ。折口は、階級も死にかたも多様な日本人の他界が、ひとつであるはずはない、というのである。

では、私はどう考えるか。

思うに、柳田の考えかたは、幸福な日本人の、幸福な死にかたを基本としているということはまちがいない。柳田の民俗学そのものが、日本人の幸福について考えるものであったことを思うと、当然の帰結である。つまり、親類縁者に見守られながらやすらかに死に、子や孫が自分の祀り手となってくれるという幸福な死にかたなのだ。戦争は、そういう死と死後の世界をも庶民から奪うものであったと、おそらく柳田は言いたかったのではないか。

しかし、柳田が考えたような先祖祭祀が成り立つためには、家が永続していなければならないことも事実だ。また、逆も真なりである。

柳田の考えかたに立てば、家は「死者」と「ご先祖さま」を祀るために存在しているとさえいえるのである。柳田の神学は、幸福な家が幸福でありつづけるための神学なのだ。「先祖を大切にする家は栄える」というキャッチフレーズは、寺院でも霊園でも石材店でも聞かれるところであるが、じつは逆なのである。家が栄えて、永続していないと、ご先祖さまの供養すらもままならないのである。祖父の墓作りにかけた

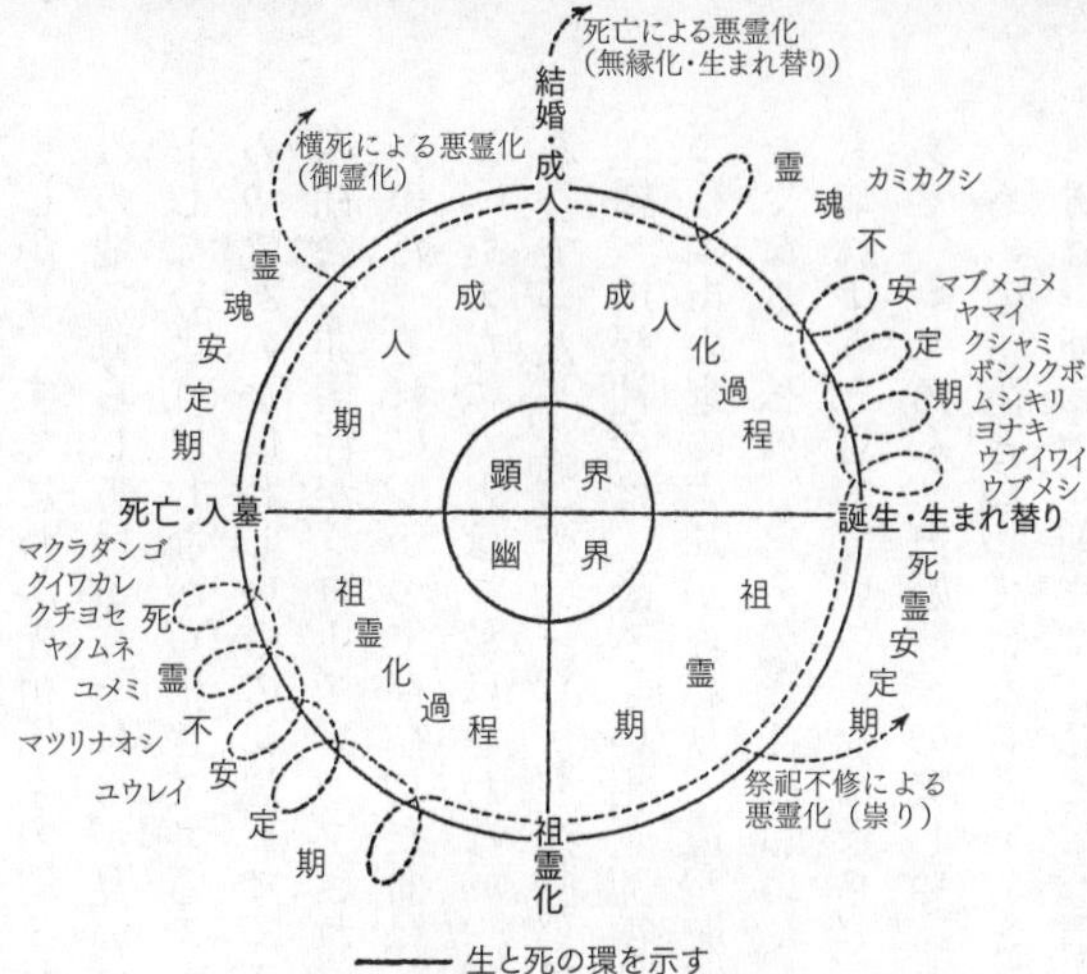

生死観を示す霊魂の諸過程

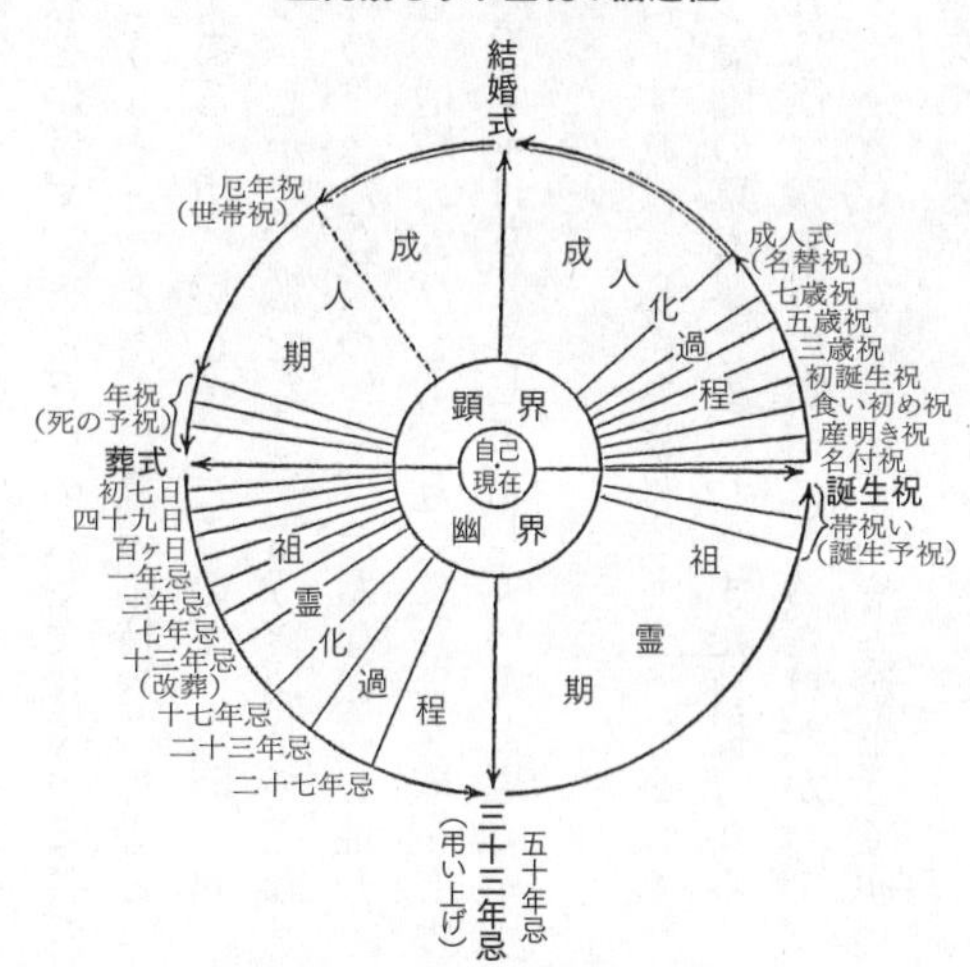

生死過程の儀礼化

＊坪井洋文「日本人の生死観」（『民族学からみた日本——岡正雄教授古稀記念論文集』河出書房新社、一九七〇年）より。

あの情熱も、この思想に裏打ちされていたのであった。

しかし、すでにわが先祖伝来の地・甘木には、家も墓もない。子孫たちも、それぞれの地で暮らしている。それも、互いに迷惑をかけず、また互いの人生に深くコミットしないようにしながら生きているのだ。こうなると、とたんに墓の維持や菩提寺とのつきあいが煩わしいものに思えてくるのである。重く感じてしまうのだ。近時、無縁社会の非情性がクローズアップされている。しかし、私たちは、もう後戻りできないのだ。それに、かつて存在した血縁と地縁の有縁社会について、そんなに居心地のよいものだったとは、私は思わない。親類も、地域の人びとも、互いに互いを監視しあっていた。「噂話」という名の制裁は、人の心を打ち、そして刺していたと思う。血縁、地縁社会は、恐ろしい相互監視社会だったのだ。

福岡市の家の売却が終わり、遺産分割が終了すれば、私たちには寄り合う家さえもなくなる。私は、自分の責任において、あの霊園の墓も墓じまいし、また菩提寺からも離れようと思っている。なぜならば、それは後に残る者の負担になるだけだからである。もちろん、冠婚葬祭の楽しい寄り合いは今後もしてゆくが、墓や寺が生きてゆくものの重荷となってはならない、と私は考えている。

母は、死ぬ半年前まで、私にこう言った。

「まだ、通帳にぁー、葬式代は残っとるとね。葬式代で、めんどうかけとうはなかばい。葬式はせんでもよかとよ。葬式に来るもんの旅費も払わないといかんばい」

私は、こう答えていた。

「やったら、早よう死ぬわけにもいかんやろが。そげんこつは、死ぬもんが心配することやなかろうがぁー。いまは、家族葬というのがあって、シンプルにできるとやけん。心配せんといて」

母も私も、葬儀のことで無理をしたくないという一点については、みごとに意見が一致していたのだ。テマ（手間）、ヒマ（暇）、カネ（金）をかけず、葬式をしたい、と考えていたのである。

竹林の七賢と大伴旅人

話を、突然大きくして恐縮だが、東アジアの葬礼にたいする考えかたには、ふたつの潮流がある。ひとつは、厚葬思想の潮流。もうひとつは、薄葬思想の潮流である。死者を手厚く葬ることこそ礼教の基となるという考えかたが、厚葬思想である。たいして、厚葬にかかる負担が大きすぎて、生きている人間の幸福を奪うことにつながるのなら、葬礼を簡素化すべきだというのが、薄葬思想である。薄葬思想は華美になりがちな葬式のありようを抑制する役割を歴史的にはたしてきた、といえよう。

厚葬と薄葬は、あざなえる縄のように、あるときは表に、あるときは裏になって、東アジアの歴史のなかに登場する。厚葬になると、つねに薄葬の潮流が新たに生まれてくる。

日本においても、大化の改新の薄葬令から、上皇陛下がご退位前に示された火葬採用による皇室葬礼の簡素化の思し召しにいたるまで、厚葬、薄葬のふたつの潮流があるのである。上皇陛下の思し召しの背後にも、大葬のために国民に負担をかけたくないとの薄葬思想がある。上皇として崩御したほうが、葬礼を簡素化できるからだ。ここで例に出すのもおこがましいのだが、母の葬儀は、薄葬の思想にもとづくものである。

次に、東アジアの礼教主義についても、考えてみよう。礼教主義にも反動があって、礼教主義と反礼教主義との相克があるのだ。もちろん、礼教を守ることが大切だという考えが、東アジアにおいては主潮流であることはまちがいない。しかし、礼教が逆に人間の自由な生きかたを抑圧する時代においては、礼教にあらがって、自由な生きかたを希求しようという人びとも少なからずいた。彼らは、礼教にあらがって、とらわれなく生きようとつねに主張した。これが、いわゆる反礼教主義である。

この反礼教主義が、もっとも顕著に認められるのは、中国六朝期（りくちょう）（二二二〜五八九）の知識人たちの言動においてである。その代表格が、のちに「竹林の七賢」といわれる世捨て人たちである。また、七賢人の生きかたに深く共鳴し、自然体の生きかたを希求した詩人・陶淵明（とうえんめい）も、今日的な言いかたをすれば、反礼教主義の旗手だったといえよう。彼らは、超俗的な生きかたをめざし、世を捨て、隠棲して、酒と書を愛して生きる生きかたを選んだのである。

時に、彼らは母の死に際しても、喪に服さなかった。知られているように、母親の死の服喪は、伝統的な中国社会では、もっとも重い礼教である。

当時、服喪中の肉食は厳禁であり、女性との性交渉も厳しく禁じられていた。しかし、母が死んだとて肉を食らってなにが悪い。服喪中だからといっても、好きな女がいれば抱くさ。そういう生きかたをしたのである。彼らは、礼教にさえしたがっていれば、哀悼のまことを母に捧げられるのか――、と世の人びとに問いかけたのである。

『世説新語』に記されているこういった生きかたは、すでに『荘子』『列子』に示された生きかたであった。彼らは、『荘子』『列子』を範として生きようとしたのである。それは、あるべき生きかたを追求するのではなく、あるがままの自分を大切にする生きかたともいえよう。『世説新語』には、竹林の七賢のひとり、劉伶の伝が収載されている。彼は、「酒徳頌」という文章で、礼教を声高に説くエセ紳士を痛罵し、酒の徳をひたすら説いている。礼教を説くエセ紳士を完膚なきまでに叩く文章は痛快ですらある。

『世説新語』は、「酒徳頌」について、

劉伶、酒徳頌を著す。意気の寄する所なり。*

と述べている。「酒徳頌」こそ、彼の心意気だというのである。その部分の劉孝標(りゅうこうひょう)の注を見てみると、袁宏(えんこう)の『名士伝』なる書物が引用され、劉伶の人となりが示された後に、ある逸話が紹介されている。新釈漢文大系などの参考書をもとに、拙訳を示しておこう。

> 劉伶は、いつも粗末な荷物運搬用の一輪車に乗り、一壺の酒を携えて、後ろには、鋤を荷った付き人を随行させていた。そして、付き人にこう言ったのだった。「俺が死んだなら、すぐ穴を掘って埋めろ」と。彼は、肉体を土や木のごとくに思い、気ままな暮らしで一生をすごしたのであった。

　劉伶は、みずからの肉体を土や木のように考え、自分が死んだなら、葬儀などムダなことをせずに、すぐに穴を掘って埋めろ、とつねに指示していたのである。これは、ひとつの反礼教主義の帰結であるということもできる。一種の葬儀不要論でもある。

　しかし、はたして、劉伶の命令は、実行されたのだろうか。それは、わからない。

なぜなら、生前に死んだらすぐに埋めろと命令できても、自分が死んでしまえば、自分の葬儀を取り仕切ることなどできないからである。

この劉伶の生きかたにあこがれた人物が日本にもいた。かの万葉歌人・大伴旅人(おおとものたびと)である。彼は「讃酒歌十三首」という劉伶へのオマージュともいうべき作品を残している。十三首のうちの二首をここに挙げておこう。

この世にし　楽しくあらば　来む世には　虫に鳥にも　我はなりなむ
生ける者　遂にも死ぬる　ものにあれば　この世にある間は　楽しくをあらな
（『万葉集』巻三の三四八、三四九）

その釈義は、本書の巻頭に示しておいた（十頁参照）。来世、そんなもんは知らんさ、この世で楽しく生きられたら、来世で虫に生まれ変わっても、鳥に生まれ変わったって知るもんか。とにかく、この世に生きている間が大切なんだから、楽しく生きなきゃソンだろうという、現世肯定の享楽主義である。

万葉学徒の私は、この思想に後押しされて、母の介護の方針も葬儀の方針も、母没後の墓や寺との関係のことも決めたのである。古典というものは、ひとつの権威であるから、便利なものである。都合のよいところだけを持ってきて、これが私の生きかたの指針ですと、人さまに示すことができるからである。古典学徒というものは、かしこく古典の権威を利用して生きているのだ。したがって、種々の私の決断は、この反礼教主義の影響を受けているということにしておきたい。ちなみに、このふたつの歌は、母も私も大好きな歌であった。

ところで、奈良に住んでいる関係から、多くの寺院から、これまで私は講演を頼まれてきた。当然、写経や座禅を勧められることもあったが、私は一回も応じたことがない。写経で字を書くくらいなら、よい論文を書き、心温まる手紙を書いて出したい、と思う。いったい座禅と昼寝のどこが違うのか、私にはわからない。座禅をするよりは昼寝したい。

もちろん、こう言いきるには、私には強い強い味方がいるのだ。反礼教主義仏教の聖典ともいうべき『臨済録』がそれだ。『臨済録』は、念仏も学問も写経も、さらには座禅すらも、それがこだわりの元になることがあると説いている。臨済義玄の教えは、こだわりの元となるものは、たとえ親でも仏でも殺せという、とても恐ろしい教えである。

では、人はどこに修養の道を見つければよいのだろうか。臨済の説くところは、着物の着脱、日々の食事、大小便の排泄なのだという。つまり、日々の生活のなかにしか、自己修養の道はないというのである。私は虎の威ならぬ古典の威を借りて、自分の生きかたを正当化しているといえるだろう。

私は、ご先祖さまの前に額づいて、いま、こう言いたい。

「もちろん、いま、私が生きているのは、ご先祖さまがたのおかげでございます。ありがとうございます。ですから、私は、けっして敬意は失いませんよ。でも、死んだら死人に口なしでございましょ。私に意見することもできますまい。ですから、私は私で、好き勝手にさせてもらいます。葬儀のことも、お墓のこともね。お迎えが来たときは、大伴旅人の讃酒歌でも、お経がわりに唱えますかね」

もちろん私は完全な反礼教主義者になれるほど、強い人間ではない。俗物だ。しかし、みずからおこなう葬送儀礼は、伝統による強制ではなく、みずからが決めたい、と思う。

今日の葬儀の簡素化や虚礼廃止の流れは、もちろん産業社会の到来や、価値観の多様化にともなうものである。しかし、東アジア文化圏の歴史の潮流のなかにも、薄葬思想があり、反礼教主義があることを忘れてはなるまい。少なくとも、そういった歴史の体験が、新しい変化を後押しするということはあるようだ。

むしろ、厚葬／薄葬、礼教／反礼教の揺れのなかで、私たちは葬儀のありかたを選んでいるのである。いや、そんな言いかたは生やさしすぎる。悩み、あえぎながら、葬儀のありようを決めてきたのだ。そして、それは現実を生きるわれわれの生きかたそのものなのだ。葬儀は、生を映す鏡なのだから。

＊「文学第四」目加田誠『世説新語　上（新釈漢文大系）』明治書院、一九八九年、初版一九七五年）

個性の戦い？

母の簡素な葬儀は、わが家の葬儀の歴史のうえでも、特筆すべきできごとであった。

もちろん、母も簡素な葬儀を望んでいたから、私がその点を忖度したという側面があるには、ある。しかし、母は、自分の葬儀を自分で取り仕切ることはできない。したがって、母の葬儀は、私の考えかたにもとづいているといえる。そういった大胆な簡素化が可能になったのはなぜだろうか。

それは、この四十三年のあいだに葬儀そのものにたいする考えかたが変化したからである。だから、高齢での死、奈良での死などの条件を勘案して私は、葬儀の大幅な簡素化に踏みきったのである。

ここで、祖父の葬儀と比較してみよう。祖父は当時、十人にも満たない小企業とはいえ、その主人であり、直系家族の家長であった。だから、葬儀もそれなりに大きなものであった。したがって、母とはまったく条件がちがう。けれども、四十三年前

葬儀のありようを決定する意思と力の関係

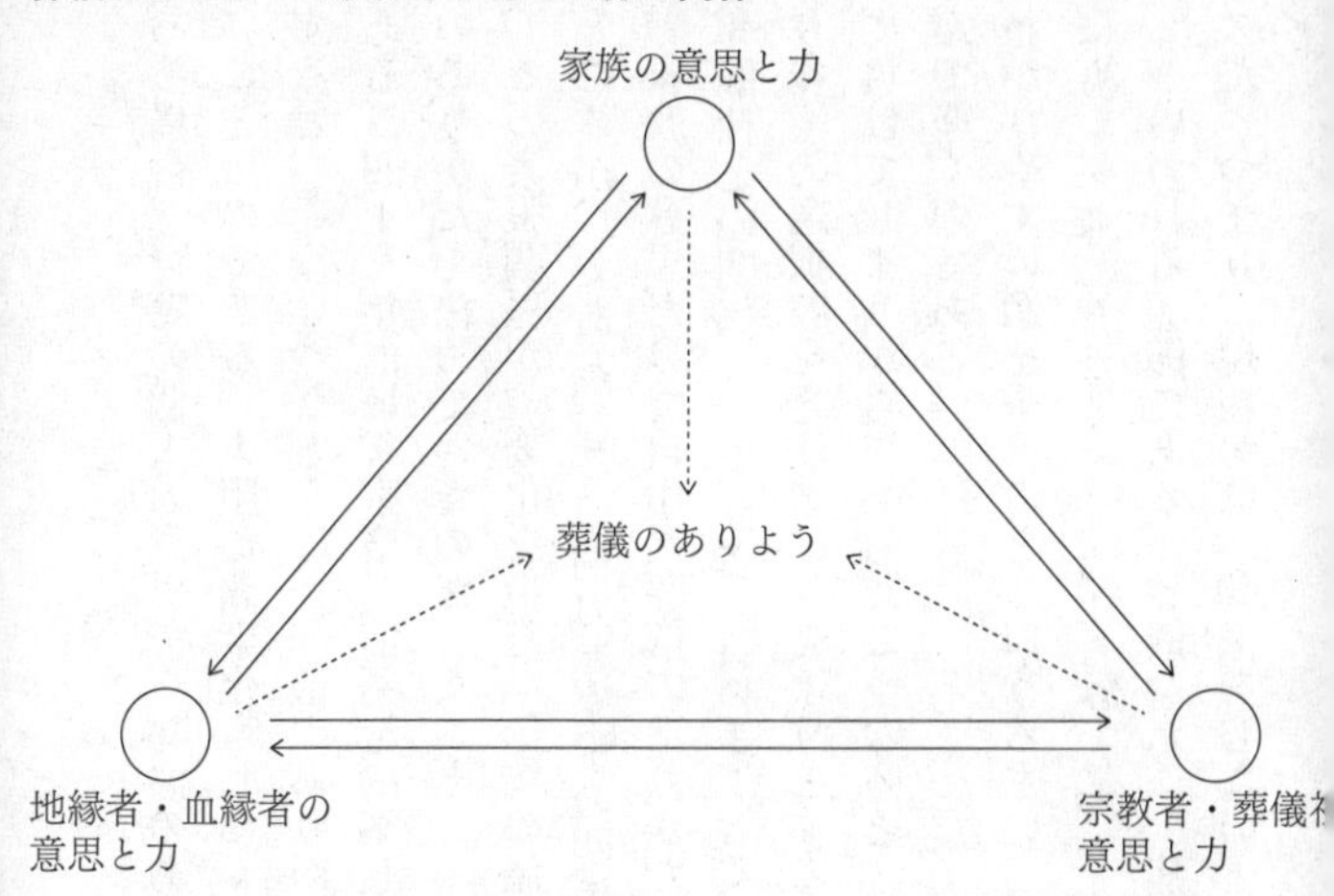

は、葬儀のやりかたをひとりの意思で、自由に変えることなどできなかった。それは、当時の葬儀は、地縁、血縁のネットワーク、僧侶の指導などがなくては、おこなえなかったからである。つまり、当時は、〈家族〉〈地縁者と血縁者〉〈宗教者〉が力を合わせて葬儀をしていたのであった。

もちろん、三者は協力関係にはあったが、互いに互いを牽制しあう関係でもあった。協力しあわなければお葬式を出せないということは、葬儀のありかたについて、協力者のひとりとして発言権があるからだ。このように、三者のあいだに緊張関係がある場合、特定の個人の意思で、葬儀のありかたを変えることは、たいそうむずかしいことなのである。大胆な簡素化もしにくいし、極端な華美化もむずかしいのだ。するとこういったときに、葬儀のありかたの判断材料となるのは、家の格と前例である。四十三年前は、家格と前例を勘案しながら、男衆は喧々囂々の議論をして葬儀のありかたを決めていたのだ。まことに不思議な言いかたに聞こえるかもしれないが、この緊張関係が、変化を拒む「伝統の温床」になっていたのである。

ところが、である。この協力と緊張の関係が崩れてしまうとどうなるのか。すると、家族の意思だけで自由に葬儀のありかたを決定できるようになるのである。家族と葬儀社との関係は、発注者（買い手）と受注者（売り手）の関係なので、葬儀社はより多くの選択肢を発注者に与えようとする。選択肢を増やさないと、葬儀社間の競争に負けてしまうからである。こうなると、自由度が一気に上がり、葬儀の個性化が進んでゆくのである。

わかりやすい例を挙げると、口うるさいおじさん、おばさんたちにも、町内会の会長にも、気兼ねしなくてすむようになったのだ。現在、もっとも簡素な葬儀は「直葬」といわれる葬儀である。葬儀なしに、病院の霊安室から火葬場に直に送られるケースだ。つまり、現在では、葬儀をしないという選択肢も、充分ありうるのである。

一方、葬儀を自由にプロデュースすることも可能となった。たとえば、葬儀にロックバンドを入れることもできるし、ブラジルからリオのカーニバルのダンサーだって呼ぶことができる。また、お墓のありかたも、この四十年間で、その自由裁量の度合いが増した。樹木葬や海洋散骨などなど。これは、単に葬儀だけの問題ではない。結婚式も、この四十年で、カップルそれぞれのものとなった。式も披露宴もしないという選択肢も、いまではありうるし、エベレストの山頂でおこなうことだって可能だろう。二人だけでも結婚式はできるし、千人の披露宴をしたってかまわない。じつは、婚礼も、かつては〈地縁者、血縁者〉〈業者〉〈家族〉が協力しておこなわなければならないものだったのである。だから、三者間には緊張関係もあったのである。それが、伝統的なカタを守ってきたのである。

今日、私たちは、こういった葬儀や結婚式の個性化を好ましいものとして受けとめている。人に縛られて生きるのではなく、自分らしい生きかたただ、あるべきなにかを求めるのではなく、あるがままに生きる生きかたただ、と。個性化を歓迎する思潮が優勢だ。いまや自由決定を社会が容認しないのは、犯罪、自殺、認められていない臓器提供くらいのものだろう。ところが、こうなってしまうと、個々人の生きかたの個性の戦いのようなものが生じてしまうような気がするのである。他人よりも、いかに自分のほうが個性的であるのかということを競いあう社会になってしまったのである。結婚式もお葬式も、お墓も自由でよいはずだというのなら、そこに残るのは個性だけである。もともと生きかたが自由なら、競争などないはずなのだが。

いまや、私たちは、この個性の戦いに、悪戦苦闘しているのではなかろうか。他人とちがったお葬式をするために、死にゆく本人も家族も疲れはてているのではないか。無限のオプショナルのなかで、奇想天外な葬儀の演出が競いあわれることだってある。この競争心を利用した新たな葬儀ビジネスも、次々に生まれている。

私は、思う。はたして、死者に個性があるのか、と。

また、私は、思う。死者に個性があったとして、その個性を葬儀に反映しなくてはならないのか、と。そして、そもそも、個性というものは、競いあいのなかから生まれてくるものなのか、と。

個性とは、個々人が生きてゆくなかで、身体や心に沁みついてゆくものであり、その人間の生きかたの総体ではないのか。ソクラテスがボロボロの服をまとっていたからといって、ボロな服を着れば哲学者になれるというものでもなかろう。

つまり、個性の競争は、個性をなくす競争につながるという絶対矛盾があるのだ。しつけや教育においても個性を大切にせよとの発言をする人がいるが、おそらく、そういう人は、この構造がまだ見えていないのではないか――。

しつけや教育で個性を育もうとする行為は、その放棄にほかならないと私は思う。だいいち、しつけや教育で個性が生まれるはずがない。むしろ、しつけや教育を受けた本人が、息苦しいと思えるほどのしつけや教育のほうが個性を生むはずだ。なぜならば、しつけや教育に反発したほうが、個性化には役立つからだ。

大好きな祖父のことを悪くいいたくはないが、墓石探しに狂奔した祖父も、お墓資本主義に揉みくちゃにされた人間のひとりであった、と思う。ただ、祖父の時代は、お墓の大きさとデザイン、石の種類の戦いですんでいた。しかし、いまは、ちがう。現在では、それが墓石やデザインのみならず、葬法にまで及んでいるのである。どこに、どんな方法で埋葬するのか、個性の戦いがはじまっているのだ。

だから、私は、人は人それぞれなのだから、結婚式もお葬式も自由であるべきだという言説について、これを苦々しく思っている。

わが家の葬儀のありかたの変遷

ここで、わが家の葬儀のありかたの変遷を整理してみたい（一三三頁の表も参照）。

祖父が死んで十年後の一九八三（昭和五十八）年、祖母が死去した。

祖父のような大きな葬式ではなかったが、それでも百名以上の参集者はいたであろう。祖母は、仏教婦人会などで活動もしていたし、かつての従業員たちも駆けつけるので、百名規模となったのである。祖母も祖父と同じ個人病院に入院していたが、死期が迫ると家に帰されて、福岡の家で死去した。この時代までは、やはり最期の場所が病院になってしまうことを、本人、家族、病院も嫌っていたのである。

この葬儀での大きな変化といえば、食事のふるまいが廃止されたことだろう。祖母の葬儀からは、「通夜ぶるまい」「おとき」と呼ばれる食事も出さなくなったのである。福岡の家の台所の広さでは、食事の提供がままならなかったからである。左右の隣家から、自分の家の台所を使ってくれてもよいとのありがたい申し出はあったのだが、父と母は、これを断った。父母は、多くの親類縁者が、台所のようなプライベートな空間に入りこむことを嫌ったのである。まして、他家の台所を使うことなどしたくなかったのである。したがって、通夜から告別式まで、家族の食事は買い出しか仕出しでまかなったのであった。また、葬儀のありかたについても、祖父のときのように、一つひとつ親類に同意を求めることもなかった、と思う。このときには、葬儀は家族のものになっていたからである。

さて、祖母の湯灌であるが、けっきょく、母と私でおこなった。ただし、二人とも、浴室に運ぶことは怖くて、どうしてもできなかった。床の上に寝かしつけたまま、濡れタオルで体を拭き上げ、お尻の汚れについては、濡れナプキンで何度も何度も拭いたような気がする。母はくりかえし、

「お風呂場には、よう連れてゆっきらんけんねぇ。許してねぇ」

と祖母に声をかけていた。それでも、母と私は怖気づき、がたがたと震えていた、と思う。ちなみに、このときも、湯灌のときに着ていた衣服と使用したタオルは燃やした。

一九八七（昭和六十二）年、父が死去した。

父は、肺がんの手術の失敗から植物状態となってしまったので、病院でむなしく死

去した。病院で丹念に遺体を拭いてくれたので、けっきょく、湯灌はしなかった。じつは、術後の抜糸もできておらず、病院側から、湯灌をしてほしくないこと、また代わりに病院で充分に体を拭き上げることを提案されたのであった。

祖母の葬儀と父の葬儀は、時期も接近しており、同じ福岡の家で営まれたため、ほぼ同じ方式でおこなわれた。祭壇の大きさも、祖母と父と差がないようにと、母と兄で相談して発注した記憶がある。

では、二〇〇八（平成二十）年の兄の場合は、どうであったか。

同じく肺がんを患ってしまった兄は、ターミナルケアを専門とする病院で死去した。この病院は、家族との最期のときを気兼ねなくすごせるように、充分な配慮がなされていた。病院での死去であったが、家で見送るような感じがした。この病院でも、死去後、充分に体を拭いてくれたので、湯灌はしなかった。

葬儀は家族葬としたが、一部の友人が参集したので、けっきょく三十名規模の葬儀であった、と思う。私は兄嫁、母と相談し、通夜は自宅、告別式は葬儀場の会館でおこなうことにした。母の歩行能力がかなり低下しており、お座敷にベッドが置いてあったからである。家で療養もしているときは、母は、一日の大半をこのベッドの上ですごしていた。

このとき、母は入院中だったが、ベッドを動かすのも面倒だったのである。そこに祭壇を組むこともできないから、会館を使用することとしたのである。しかし、そういう判断を可能にした葬儀にたいする考えかたの変化も、当然あったと思う。というのは、父の葬儀までは、葬式は家から出すものだという意識が、まだあったからだ。弔問客に食事も出さないけれども、座敷から棺を送り出してやりたいというような意識が、まだ心のどこかにあったように思われる。けっきょく、告別式の直前まで、母には病院にいてもらい、車椅子で、告別式の会場に連れていったのであった。

死すべき最期の場所は、家から病院へと変わり、看取りや葬儀にかかわる人は、少しずつ少なくなっていった。地縁者、血縁者の力を借りることも、少なくなっていった。力を借りることで、プライベートな生活空間に他人が入りこむことを極端に嫌うようになっていったからである。それは、そのまま死の外注化の軌跡でもあった。

死にゆく生者と、死者をとり囲む空間は、少しずつ小さくなっていった。そして、死者と家族だけになっていったような気がする。多くの民俗学者が指摘する葬儀の私事化である。そして、残った母と私は、七年間、病院と施設をめぐる旅を続けることになった。母は、故郷から離れた地で、七年間の旅に疲れはてて、荼毘に付されたのである。

もうひとつ、葬儀の変化について重要なポイントがある。
父の代までは、

Ⅰ　看取り（家族のみ）
Ⅱ　仮通夜（家族のみ）
Ⅲ　本通夜（地縁者、血縁者）
Ⅳ　告別式・出棺（すべての弔問者）

という流れがあったが、家族葬となると、そういう区別はなくなってしまうということだ。おそらく、それぞれの儀礼の場には、それぞれの役割が、かつてはあったはずである。通夜は、おそらく古代においては「殯（ひん）」と呼ばれた儀礼の名残であろう。日本語では、「モガリ」とか「アラキ」と呼ばれた儀礼の場である。

ここで、私なりにⅠ～Ⅳを整理すると、

Ⅰ　看取り（死にゆく者を愛おしむとき＝臨終儀礼）
Ⅱ・Ⅲ　通夜（死者を愛おしむとき＝死後儀礼）

Ⅳ　告別式・出棺（愛おしき死者と別れるとき＝埋葬儀礼）

となるはずである。そういう区分がなくなってしまったような気がする。

様式の意味

最後に、湯灌の変遷についても、述べておこう。

四十三年前、湯灌は、家族、ことに女性がおこなうものであった。しかし、その恐ろしさに、母も私も耐えられなくなってしまったのだ。けっきょく、母の死に際しては、業者のチームに任せることになった。この怖さがいったいどこからやってくるのか、ここで語っておきたい。

私は、母の死後、二人だけで三晩すごしたが、少しも怖いとは思わなかった。しかし、遺体を動かすところを見ると、なぜか戦慄が走るのである。この恐ろしさは、はたしてどこからくるのであろうか。

これと似たような恐ろしさを感じた瞬間が、かつてあった。

私は、葬送儀礼の観察を通じて知ることのできる人間の心性に、少なからず関心を持っていた。だから、海外旅行の折に、墓地の巡礼をすることも多い。大学院生のころ、台北郊外の墓地を見に行ったことがある。ここで、私は戦慄を覚えて嘔吐したことがあった。別に、遺体を見たわけでもない。木製の墓標に、葬られた人間の写真が張られていたのである。この墓標の下に、遺骨が眠っていると思った瞬間、私は歩けなくなってしまったのだ。見れば、どの墓標もそうだ。当地の風なのであろう。

死者が死者であり、死体が死体である分には、なにも感じないのであるが、どうして私は、写真付きの墓標を、そんなにも恐れてしまうのであろうか。死者が元気だったころの写真を墓地以外の場所で見ても、恐ろしいとは感じないのに——。とにかく、墓でその墓に眠る人の写真を見るのが怖いのだ。

たぶん、モノとなった死体のよみがえりがイメージされてしまうと、怖気づいてしまうようなのだ。墓標の写真を見てしまうと、その写真からよみがえりが想起されてしまうのであろう。湯灌も同様に、死者のよみがえりがイメージされてしまうのだ。もちろん、死体が自分で動きだすわけではない。生者が抱きかかえて、起き上がるものなのである。けれども、その瞬間に、私は戦慄を覚えてしまうのである。

腐乱した死せる自分の肉体を見てほしくなかった妻・イザナミノミコト。その醜い姿を見て、逃走してしまったイザナキノミコト。互いに愛しあっているのに、二人は、その瞬間から、相まみえることはなかった。生から死へという肉体の移ろいは、悲しむべきことであっても、容認できるものなのであろう。ところが、死から生への移ろいは恐怖となるのである。どんなに愛していても、ふたたび、死者が生者の世界に戻ってきてほしくはない。この神話は、死者はよみがえってはならぬものだという、人間のことわりをわれわれに伝えているのである。

出棺にあたり、死者が生前に使用していた茶碗を割り、棺を回して家への帰り道の方向をわからなくするのも、同じだ。死者が、ふたたび戻ってくることを恐れているのである。愛惜と畏怖の情は、互いに増幅しあって、左右対称に大きくなってゆく。だとすれば、畏怖の念を小さくするためには、愛惜の念を小さくして、最後は断ち切るしかない。

湯灌は、死者の肉体を愛おしむ最後の機会である。しかし、その遺体を動かすことが、私には怖いのである。私は、その怖さに負けて、湯灌をオプショナルで外注したのである。私は、いま、そう思っている。

近代は、日本の葬制史のなかでも、驚くべき時代であった。なんといっても、火葬が急速に普及したことは特筆すべきであろう。いまや、ほぼ百パーセントである。

もちろん、日本の火葬は仏教に由来するものだが、近代の火葬の普及には、別の意味があるのではないか、と思う。その背景には、一刻も早く、死体を解体してしまいたいという心性が働いているからだろう。骨となれば、それ以降の変化はゆるやかな劣化に留まる。火葬は、変化する死体を見ずにすむ最適の方法なのだ。ところが、火葬にすると、遺骨にたいする執着は、逆に高まってゆくのであった。

しかし、その遺骨にたいする執着も、いまやなくなろうとしている。火葬は、やはり死体の変化を見ずにすむ、いちばんのよい方法なのである。

私は、儀礼と神話や文学について、ここまであれこれ書いてきて、次のように考えるにいたった。

人の心というものを、ひとつのコップに見立ててみよう。

そこに、喜怒哀楽、さらには愛惜と畏怖、なんでもよいのだが、そういう感情が注がれてゆくとする。ところが、ある量を超えてしまうと、そのコップから液体があふれ出してしまう。では、あふれ出した液体を、いったいどうすればよいのか——。

多くの場合、人は布で拭き取ったり、お皿を敷いて受けとめたりする。つまり、一人ひとりの心からあふれ出してしまい、受けとめられなくなったものが、布や皿に受けとめられるのであり、その液体を拭った布や受けとめた皿こそが、儀礼や神話、文学にあたるのではなかろうか。その受けとめかたに、伝統的な様式が存在するので、儀礼や神話、文学に一定の様式が存在するのである。

死をめぐる儀礼や神話にひとつの様式があるのも、そのためなのである。私は、この様式と様式の変化に、心性の歴史というものを認めることができると考えている。そう思わなければ、体験記のような、民俗誌のような、三文小説のような……こんな鵺(ぬえ)のごとき文章を書かなかった、と思う。

おわりに

私たちは、ただ漫然と昔のとおりに儀礼をおこなっているわけではない。一回一回、なぜこんなことをするのか、考えて執行しているのだ。もっといえば、なぜ時間やお金をかけて、こんなことをしなければならないのかと考え、時に苦しみ抜いて、一回一回儀礼を執行しているのだ。だから、儀礼も、日々刻々と変化するのである。たった四十三年のあいだに、わが家の葬儀はこんなにも変わってしまった。

祖母も、父母も、お葬式を出すたびに唸っていた。

「どうして、こげんこつ、葬式にぁ、金んいるとかいな」

私たちは、ただ漫然と神話を読んでいるわけではない。なぜ登場する神々は、そういう行動をとったのだろうかと、日々考えながら神話を読んでいる。神話のほうが変わらなくても、読む私たちの心のほうが、日々刻々と変化しているのだ。そのなかで、私たちは、新しい神話の読み解きを考え、神話の再解釈を続けているのではないのか。読むという行為は、じつに主体的な行為なのである。それは、神話だけでなく、古典、さらに広くいえば文学を読むという行為も同じことだ。古典は、読む側の都合や心のありようによって、解釈も日々刻々と変わるものだ。古典だからといって、動かないわけではない。読むのは、それぞれの時代の人間なのだから。

私は、この三十年間というもの、古典の世界と儀礼の世界を無限に往復してきた。その往復によって得た知見を表現するうまい方法が、どうしても見つからないのである。民俗誌は、それがあたかも、千年も前から同じように続いてきたかのごとくに、儀礼を記述してゆく。しかし、その儀礼を執行する人のこだわりや悩みに踏みこむことは稀である。民俗誌というものは、そういうものでなくてはならないはずだ。妙に心の領域に踏み入ると、民俗誌にはならない。

では、個人的体験記ならうまくゆくかというと、そうではない。個人的体験記では、彼と我を超える歴史的心性の変化を描くことができないのだ。時代差や地域差に、まったく対応することができないのである。小説という方法も考えてはみたが、私の描きたいのは、己の心ではない。己の心を通じて、心性の歴史を描きたいのだから、やはりちがう。求めているところが心性の歴史にあるわけだから、みずからの想像力の産物である小説にしてしまうわけにはいかないのだ。困った。

そこで、個人的体験を軸としながらも、その共同体や集団の歴史を踏まえた、小さな小さな歴史を書くことにした。わが家の葬儀と墓の歴史が歴史になるのかといわれれば、それまでだが、少なくとも、世界のなかの数十億分の一の歴史であることだけは確かだ。ここで、私は開きなおりたい。たとえ、数十億分の一の歴史であったとしても、どこかで、歴史全体とつながっているはずだ、と。わが家の歴史だけが、独自に進行したわけではないのだから。

私は、ここに宣言する。わが家の歴史も歴史のひとつだ、と。

そもそも、歴史というものに普遍性などというものはあるのだろうか。あらゆる歴史は、個別のものではないのか。個別の歴史が、集まって全体の歴史を構成しているのではないのか。けれども、そこに、ひとつの傾向というものが観察できたときにはじめて、それは普遍性をもった歴史といえるだろう。その時々の事情で、わが家の葬儀のありかたも変化した。

しかし、たとえ同じ儀礼をおこなったとしても、儀礼を取り囲む社会的文脈というものが変わってしまうから、社会的意味は変化してしまうのだ。小津安二郎監督の《東京物語》（一九五三年、松竹）、伊丹十三監督の《お葬式》（一九八四年、ＡＴＧ）の葬儀のありようを見るがよい。こういった映画のワンシーンを見ても、葬儀のありようは大きく変化しているではないか。いま、私が見ても、妙に古風な葬儀に見えてしまう。

ここまで、踏みこんで書いてしまうと、自分自身の信仰告白のようなものをしなくてはならないだろう。私は、宗教否定論者かといえば、そうではない。むしろ、宗教、崇高なるもの、聖なるものへのあこがれは、人一倍強いほうだ、と思う。そうでなくては、こういう文章を書こうとは思わないだろう。ただ、一方的な礼教の押しつけをよしとしないだけである。

では、私が信奉する宗教はなにかといえば、私という個人がその時々に感じて発見してゆく聖なるもの、尊いものへの崇敬ということができる。したがって、それが神社であっても、寺であっても、山であっても、たとえ一木一草であっても構わない。グレゴリオ聖歌であってもよい。

私は、東京駅のホームで新幹線の各車両の清掃をしているクルーの姿を見ると、ふと合掌したくなることがある。一瞬の隙もなく、乗車する人のために働いている姿を見ると、掌を合わせたくなる。かぎりなく神に近い求道者の姿だ。

こういう宗教観は、広くいえば「個人の宗教」ともいうべきものだろう。現代という時代は、国家や共同体の宗教から、個人に力点が移ってしまっているのである。一人ひとりが、宗教をオーダーメイドする時代なのかもしれない。結婚式も、お葬式も、お墓も、人それぞれでよいとする考えかたは、こういった宗教観のなかに胚胎する考えかたなのである。

だが、しかし。それが、祖父の墓合戦に続く、個性合戦になってしまうことを、私は懸念している。しかも、個人の宗教は、国家や共同体の宗教と共存してゆかなければならないから、問題は、それほど単純なものでもなかろう。私が採った方法は、個人のものとなった死や葬儀、墓、宗教に対応した歴史記述ということになるかもしれない。けれども、私が採った方法には、大きな弱点がある。それは、記述する側の姿勢や、ものの見かたが、つねに問われるということだ。だから、「書いているおまえは、いったいなにさまなの?」と読者につねに問われてしまうのだ。したがって、私は、記述のたびに、つねに自分の立ち位置を明示しなくてはならなかった。

私は、ひとりの古典学徒であり、古典によってみずからの思考を鍛えてきた人間だ。そのため、古典とみずからが体験したできごととを往復しながら記述したのだ、と断らなければならなかった。私事の迷路のような時間のなかに、読者を迷いこませてしまったことについては、お許しを乞いたい、と思う。

以上が、私の描く「死と墓をめぐる心性の歴史」なのである。

あとがき

現在、私は、地域とも深く関わらずに暮らしているし、かつてほど親戚づきあいを重要視してもいない。

簡単にいえば、自己の利益だけを追求して生きているということになる。人よりも早く論文を書いて教授に昇格し、その著作が受賞することばかりを考えて、この三十年間走ってきたような気がする。もちろん、それなりの万葉学徒にはなったと思うが、六十を前にして、どこか落ち着かない気分がわが胸を覆っている。兄が六十歳で死に、学問の師は六十一歳で逝ったからだ。

私は、自分の学問的思惟が、著作を通してしか後世に残らないことを知っているので、昨年、母親の残してくれた全遺産を投入して、論文集を作った（『万葉文化論』ミネルヴァ書房、二〇一八年十二月）。九百ページにわたる著作を成すことはもうないであろうと思いながら、一冊にまとめたのは、学問人生の残り時間を計算してのことである。

七年間母親を介護し、家じまいをした私は、家族とその歴史に思いを馳せた。そんなときに執筆を思い立ったのが、この本である。

己が経験した家族の死を、いまの自分の感覚で描いてみたい。己を始発点とする民俗誌、家族小史のようなものを書いてみたい。それこそ、実感できる歴史なのではないか。なにも偉人の伝記をつなぐことだけが歴史でもなかろう、との思いが、ペンを走らせた。

これまでの著作とは異なり、背伸びして、多少、文学青年気取りのところもこれあり、鼻につくが、本書がいまの私の思索の帰着点であることは、まちがいないと思う。そんな自分史につきあわせてしまった読者には、相済まぬことであった、と思う。

大学の同僚にして医家、医家にして仁者の島本太香子先生の言葉で、ここまで辿り着けました。記して御礼を申し上げたく存じます。

末筆ながら、本書の産婆役を果たしてくれた講談社の横山建城さんには、まずもって御礼を申しあげたい。加えて、校正の労を厭わなかった佐伯恵秀、大場友加、仲島尚美、永井里歩、太田遥の諸氏には、御礼を申しあげたいと思う。幸せな、幸せなことでした。

合掌

令和元年八月の魂まつる日に

著者しるす

『万葉学者、墓をしまい母を送る』自解、自注

上野　誠

突然、家族が重くなった

『万葉学者、墓をしまい母を送る』は、著者にとっては、思い出深い書物の一つである。

そこに書かれた介護の日々、葬儀の日々は、心のなかに凍結保存されているからだ。さらに、コロナ禍の中の、いわば戒厳令下の日本エッセイスト・クラブ賞の授賞式のことどももなつかしい。だから、今回、文庫化されて新しい読者と出逢えることは、まさしく僥倖（ぎょうこう）である。ただ、ただ、感謝。そこで、文庫化にあたり、ここに著者自ら一文を草し、自解、自注をしてみたい、と思う。

私は、一九六〇年に福岡県の現・朝倉市で生を享（う）けた。三人きょうだいの末っ子で、父が四十歳、母が三十八歳の時の子であったから、甘やかされて育った。親族の

なかでも、溺愛されていたと思う。そのために、小学校の低学年まで、身辺自立がまったくできていなかった。父母、姉は、幼稚園、小学校によく呼び出されていた（『まぼろしの最終講義』上野誠先生の還暦を祝う会、上野誠ゼミナールまほろば会編、二〇二一年）。

一方、次男であり、家業の洋品店を継ぐ必要もなかったので、何の期待もされていなかった。結局、兄夫婦が家の雑事、両親の世話もしてくれていたので、大学も好きな文学と歴史を学ぶために、文学部に進んだ。國學院で『万葉集』と民俗学を学んで、大学院にも進むことができた。そして、なんとか、奈良大学で研究職にも就けた。よく親類からは「極楽とんぼ」とか「高等遊民」と冷やかされたものである。しかも、兄とは歳が十三歳も離れている。家のことなど、知らんぷりだ。

ところがである。兄の肺がんが悪性であることがわかり、しばらくして息を引き取ると、私はにわか長男とあいなった。しかも、母が大腿骨骨折と誤嚥性肺炎で入退院のくりかえしとなってゆくころなのだ。奈良から福岡に帰り、さまざまに手を尽くすけれど、もうどうすることもできなくなってしまった。結局、母親を奈良で介護するしか、道がなくなってしまったのである。突然、母ひとりではあるけれど、家族が重く重く、圧し掛かってきたのである。私はといえば、働き盛りの五十代。大学の役務、学会の役員、自らの研究の集大成たる論文集の刊行と、研究者人生のなかでも、大きな山に登ろうとしていた。そのころのことである。自らを生んでくれた母、大切に育ててくれた家族、それがいきなり、人生の重荷になってしまったのである。私は、母と兄がしていた対話を、そっくりそのまま引き継ぐことになった（二〇六頁）。

誠　お母さん、あんまり、わがままば言いよったら、誠の方が先に逝くばい――。

母　へとへとやけん。やったら、私が死んだ次の日に死になさい。順番通り、死なないかんとよ。それに、二人いっしょなら葬式代も安く済むばい。

誠　なんば言うとね。

という会話を何度したか、わからない。

個人が尊重される社会で少子化は起こる

今は、少子化というよりも、結婚忌避時代だ。個々人が個々人の幸福を追求する社会においては、家族は個人の幸福追求を阻害する最大のリスクとなる（たとえば、子どもが不登校になるなど）。少子化が進む社会とは、ひとりひとりの意思が尊重される社会なのである。一方で、人は人と関わることでしか生きてゆけない。その人間関係の始発点は、母子関係を中心とした家族にある。家族という始発点からしか、人は社会的動物になってゆかないのだ。

それればかりではない。自分自身も、自己の幸福を追求するには大きなリスクともなる。心身の病気もそうだが、自己の長生きとて、リスクであろう。戦後八十年、日本だけではなく、先進国に生きたすべての人びとは、個々人が個々人の幸福を追求してきた。そのために、私たちは、地域のコミュニティー作りや親戚づきあいのために必要な時間的投資も、金銭的投資もしてこなかった。

例えばだ。親戚の子どもを三日間預かってくれと言われたらどうするだろうか。まして、一週間とか、一ヵ月と頼まれたら、いったいどうするだろう。私が育った一九六〇年代、七〇年代の地方都市の商家でも、数ヵ月はあったが、さすがに数年などは、もうあり得なかった。けれども、戦前なら、さまざまな事情でよくあった話なのだ。

やり方や規模が選択される結婚式と葬儀

地域社会の公のものであった結婚式と葬儀が、それぞれの事情で簡素化（あるいは、無化）しているのは、個々人の意思が尊重されるようになったからである。個々人が自らの幸福を追求することが、最優先になっているから、それが「しきたり」に優先することになったのだ。つまり、個々人が儀式のかたちや規模を選ぶ時代になってきたのである。

もちろん、将来ファミリー企業のオーナーに就任することを約束されている人の結婚式や、寺院の住職の葬儀の場合には、今でも大掛かりにしなくてはならない。しかし、多くの場合は、個々人の意思によって、結婚式や葬儀のかたちを選ぶことができるのだ。私は、その変遷を自分史と重ね合わせて、描きたかったのである（私は、歩く、見る、聞く、食べる、触るという自分の感覚を信じて、そこから思考する万葉学徒なのだ）。本書が、一地方都市での葬儀と墓の変遷をたどるモノグラフともなっているのも、そのためだ。すでに、民俗誌のモノグラフとして読む書評も公にされている（倉石あつ子「書評　上野誠著『万葉学者　墓をしまい母を送る』」『現在学研究』

第四号、現在学研究会、二〇二〇年）。また、民俗学者の篠原徹からも、同様の私信をもらった。

では、そのモノグラフの特徴はどこにあるかというと、一人称で、自己の心情も記述している点にあるといえよう。だから、ある部分は民俗誌のモノグラフであり、ある部分は私小説であり、ある部分はエッセイともなっているのである。じつに、鵺的な本なのだ。

明るく自己を語る文体と思想

本書は、一部の石材業者さんからは反発の声があったものの、概ね読書界から歓迎された。多くの読者からメールや手紙を頂いたし、刊行後半年は取材のラッシュであった。その寄せられる言葉の多くは、いわば「介護あるあるある」「墓じまいあるあるある」であった。あるあるの共感、同情の声が寄せられている。そのなかで、取材者から毎回というほど同じ質問を受けた。それは、

深刻だったことが、どうしてこんなに明るく書けるんですか？

という質問である。その都度、取材の場の雰囲気に合わせて答えていたが、刊行三年の今、かの質問について改めて答えてみたい。理由は三つあると思う。

一つは、私の家族の歴史と深く関わる理由がある。私は洋品店の子で、基本的には小商人精神で、今も世を渡っている。中小の商店は、明るく楽しい店づくりをして、人が集わないと商売あがったりだ。中小商店というものは、お客さま第一でなくては、生き残れない。それは、私の生活信条にもなっているし、納品する文の文体にも表れている。学術論文においても然りで、わかりやすい記述を心がけるし、意外性のある結論を好むという性（さが）がある。

二つ目は、七年間の看取りを無事にこなしたという解放感があって、楽しみながら、一夏で書いたからだ。死んだ母とは、心のなかでこんな会話を楽しんだ。

誠　お母さんの事ば書いて、原稿料ば稼がな――。

母　あぁ、よかよか。稼ぎんしゃい。そしてくさ、稼いだら、私にたくさん、お供えばしんしゃい。

誠　お母さん。死んでも、儲けるとね――。ただじゃ、起きんねぇ。お母さんは。

解放感に加えて、介護、相続、墓じまいという激戦を制した勝利者気分、凱旋気分もあったのだ。

三つ目は、執筆時にかぶれていた思想のこともある。本書を執筆した平成と令和の交にあたる時期、私は大伴旅人(おおとものたびと)の酒を讃(ほ)める歌十三首(『万葉集』巻三の三三八〜三五〇)の論文を執筆中で、享楽主義的な思想にかぶれていた。具体的には、死をみつめる中国古典『列子』、竹林七賢人などの六朝(りくちょう)思想、『臨済録』の禅思想、さらには鈴木大拙(だいせつ)の比較宗教論のようなものに、耽溺(たんでき)していたころなのである。「踊るあほうに見るあほう。同じあほなら踊らにゃそんそん」という享楽的気分とか、「殺仏殺祖(さつぶつさっそ)」「今を生きる」というような実存的な考え方の虜(とりこ)になっていたのだ。要するに、ありのままでいたいという反俗的な気分に遊んでいたころなのである。今は、死をめぐる随想を明るく書いた理由を、以上のように説明しておこう。

本書の隠し味、調味料

最後に、以上の三点の背後にある私の考え方がよくわかる書物を掲げて擱筆(かくひつ)の言とする。

〈家族の歴史に関わる著作〉

『書淫日記─万葉と現代をつないで─』（ミネルヴァ書房、二〇一三年）

『まぼろしの最終講義』（上野誠先生の還暦を祝う会、上野誠ゼミナールまほろば会編、二〇二一年。私家版だが、ホームページ「上野誠の万葉エッセイ」からダウンロードでき、無料で読むことができる）

『教会と千歳飴─日本文化、知恵の創造力─』（小学館、二〇二一年）

〈執筆時に傾倒していた思想に関わる著作〉

「讃酒歌の示す死生観」（『万葉文化論』ミネルヴァ書房、二〇一八年、初出二〇一六年）

「大伴旅人、讃酒歌遡源─『列子』の思想から─」（奈良県立万葉文化館編『大和の古代文化』新典社、二〇一二年）

「偉大なる対話者、鈴木大拙─東洋的「一」と日本的霊性と─」（『ひらく』第六号、エイアンドエフ、二〇二一年）

これらのなかに、本書の隠し味、調味料がある。

二〇二二年五月一日

本書は二〇二〇年三月に弊社より単行本として刊行されました。

|著者|上野 誠　1960年福岡県生まれ。國學院大學大学院文学研究科博士課程満期退学。博士(文学)。國學院大學教授(特別専任)。奈良大学名誉教授。第12回日本民俗学会研究奨励賞、第15回上代文学会賞、第7回角川財団学芸賞、第12回立命館白川静記念東洋文字文化賞、本書で第68回日本エッセイスト・クラブ賞受賞。万葉文化論の立場から、歴史学・民俗学・考古学などの研究を応用した『万葉集』の新しい読み方を提案。

万葉学者、墓をしまい母を送る

上野 誠

2022年8月10日第1刷発行

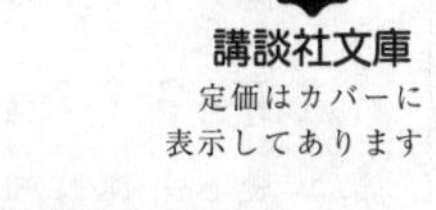

講談社文庫

定価はカバーに
表示してあります

発行者——鈴木章一
発行所——株式会社 講談社
東京都文京区音羽2-12-21　〒112-8001
電話 出版 (03) 5395-3510
　　 販売 (03) 5395-5817
　　 業務 (03) 5395-3615

デザイン—菊地信義
本文データ制作—株式会社新藤慶昌堂
印刷———株式会社KPSプロダクツ
製本———株式会社国宝社

Printed in Japan

ISBN978-4-06-528756-9

講談社文庫刊行の辞

二十一世紀の到来を目睫に望みながら、われわれはいま、人類史上かつて例を見ない巨大な転換期をむかえようとしている。

世界も、日本も、激動の予兆に対する期待とおののきを内に蔵して、未知の時代に歩み入ろうとしている。このときにあたり、創業の人野間清治の「ナショナル・エデュケイター」への志を現代に甦らせようと意図して、われわれはここに古今の文芸作品はいうまでもなく、ひろく人文・社会・自然の諸科学から東西の名著を網羅する、新しい綜合文庫の発刊を決意した。

激動の転換期はまた断絶の時代である。われわれは戦後二十五年間の出版文化のありかたへの深い反省をこめて、この断絶の時代にあえて人間的な持続を求めようとする。いたずらに浮薄な商業主義のあだ花を追い求めることなく、長期にわたって良書に生命をあたえようとつとめるところにしか、今後の出版文化の真の繁栄はあり得ないと信じるからである。

同時にわれわれはこの綜合文庫の刊行を通じて、人文・社会・自然の諸科学が、結局人間の学にほかならないことを立証しようと願っている。かつて知識とは、「汝自身を知る」ことにつきていた。現代社会の瑣末な情報の氾濫のなかから、力強い知識の源泉を掘り起し、技術文明のただなかに、生きた人間の姿を復活させること。それこそわれわれの切なる希求である。

われわれは権威に盲従せず、俗流に媚びることなく、渾然一体となって日本の「草の根」をかたちづくる若く新しい世代の人々に、心をこめてこの新しい綜合文庫をおくり届けたい。それは知識の泉であるとともに感受性のふるさとであり、もっとも有機的に組織され、社会に開かれた万人のための大学をめざしている。大方の支援と協力を衷心より切望してやまない。

一九七一年七月

野間省一

講談社文庫 最新刊

森 博嗣
萩尾望都 原作
トーマの心臓
〈Lost heart for Thoma〉
愛と死と孤独に悩む少年たち――。萩尾望都の名作コミックを森博嗣が小説化した傑作！

殊能将之
殊能将之 未発表短篇集
『ハサミ男』の著者による短篇集。没後発見された短篇3篇と「ハサミ男の秘密の日記」収録。

西尾維新
人類最強のsweetheart
依頼人は、〝鴉の濡れ羽島〟で出会った「天才」や「天才の子」で!? 最強シリーズ完結！

町田 康
記憶の盆をどり
名手が演じる小説一人九役！ 読む快楽に満ちた、バラエティ豊かな全九編の短編作品集。

二階堂黎人
巨大幽霊マンモス事件
雪に閉ざされたシベリア。密室殺人と幽霊マンモスの謎に、名探偵・二階堂蘭子が挑む！

リー・チャイルド
青木 創 訳
奪還（上）（下）
不自然な妻子拉致事件の真相を追え！ 映像化で世界的に人気のアクションミステリー。

講談社タイガ

内藤 了
呪街
〈警視庁異能処理班ミカヅチ〉
警視庁異能処理班。彼らは事件を解決するのではなく、処理する。まったく新しい怪異×警察小説！

大澤真幸
〈世界史〉の哲学1 古代篇
解説=山本貴光

資本主義の根源を問う著者の破天荒な試みがついに文庫化開始！ 本巻では〈世界史〉におけるミステリー中のミステリー＝キリストの殺害が中心的な主題となる。

978-4-06-527683-9 おZ2

大澤真幸
〈世界史〉の哲学2 中世篇
解説=熊野純彦

「中世」とは、キリストの「死なない死体」にとり憑かれた時代であった！ 誰も明確には答えられない謎に挑んで見えてきた真実が資本主義の本質を照らし出す。

978-4-06-528858-0 おZ3

芥川龍之介　藪の中
有吉佐和子　新装版 和宮様御留
阿刀田　高　ナポレオン狂
阿刀田　高　新装版 ブラック・ジョーク大全
安房直子　春の窓〈安房直子ファンタジー〉
相沢忠洋　「岩宿」の発見〈幻の旧石器を求めて〉
赤川次郎　偶像崇拝殺人事件
赤川次郎　人間消失殺人事件
赤川次郎　三姉妹探偵団
赤川次郎　三姉妹探偵団2〈キャンパス篇〉
赤川次郎　三姉妹探偵団3〈珠美・初恋篇〉
赤川次郎　三姉妹探偵団4〈怪奇篇〉
赤川次郎　三姉妹探偵団5〈復讐篇〉
赤川次郎　三姉妹探偵団6〈危機一髪篇〉
赤川次郎　三姉妹探偵団7〈駆け落ち篇〉
赤川次郎　三姉妹探偵団8〈人質篇〉
赤川次郎　三姉妹探偵団9〈青ひげ篇〉
赤川次郎　三姉妹探偵団10〈父恋し篇〉
赤川次郎　死が小径をやってくる〈三姉妹探偵団11〉

赤川次郎　死神のお気に入り〈三姉妹探偵団12〉
赤川次郎　次女と野獣〈三姉妹探偵団13〉
赤川次郎　心地よい悪夢〈三姉妹探偵団14〉
赤川次郎　ふるえて眠れ、三姉妹〈三姉妹探偵団15〉
赤川次郎　三姉妹、呪いの道行〈三姉妹探偵団16〉
赤川次郎　三姉妹、初めてのおつかい〈三姉妹探偵団17〉
赤川次郎　恋の花咲く三姉妹〈三姉妹探偵団18〉
赤川次郎　月もおぼろに三姉妹〈三姉妹探偵団19〉
赤川次郎　三姉妹、ふしぎな旅日記〈三姉妹探偵団20〉
赤川次郎　三姉妹、清く貧しく美しく〈三姉妹探偵団21〉
赤川次郎　三姉妹と忘れじの面影〈三姉妹探偵団22〉
赤川次郎　三姉妹、舞踏会への招待〈三姉妹探偵団23〉
赤川次郎　三人姉妹殺人事件〈三姉妹探偵団24〉
赤川次郎　三姉妹、さびしい入江の歌〈三姉妹探偵団25〉
赤川次郎　三姉妹、恋と罪の峡谷〈三姉妹探偵団26〉
赤川次郎　静かな町の夕暮に
赤川次郎　キネマの天使〈レンズの奥の殺人者〉
新井素子　グリーン・レクイエム〈新装版〉
安能務 訳　封神演義 全三冊

安西水丸　東京美女散歩
綾辻行人　殺人方程式〈切断された死体の問題〉
綾辻行人　鳴風荘事件 殺人方程式II
綾辻行人　十角館の殺人〈新装改訂版〉
綾辻行人　水車館の殺人〈新装改訂版〉
綾辻行人　迷路館の殺人〈新装改訂版〉
綾辻行人　人形館の殺人〈新装改訂版〉
綾辻行人　時計館の殺人〈新装改訂版〉
綾辻行人　黒猫館の殺人〈新装改訂版〉
綾辻行人　暗黒館の殺人 全四冊
綾辻行人　びっくり館の殺人
綾辻行人　奇面館の殺人(上)(下)
綾辻行人　どんどん橋、落ちた〈新装改訂版〉
綾辻行人　緋色の囁き〈新装改訂版〉
綾辻行人　暗闇の囁き〈新装改訂版〉
綾辻行人　黄昏の囁き〈新装改訂版〉
綾辻行人ほか　7人の名探偵
我孫子武丸　探偵映画
我孫子武丸　新装版 8の殺人

講談社文庫 目録

我孫子武丸 眠り姫とバンパイア
我孫子武丸 狼と兎のゲーム
我孫子武丸 新装版 殺戮にいたる病
有栖川有栖 ロシア紅茶の謎
有栖川有栖 スウェーデン館の謎
有栖川有栖 ブラジル蝶の謎
有栖川有栖 英国庭園の謎
有栖川有栖 ペルシャ猫の謎
有栖川有栖 幻想運河
有栖川有栖 マレー鉄道の謎
有栖川有栖 スイス時計の謎
有栖川有栖 モロッコ水晶の謎
有栖川有栖 インド倶楽部の謎
有栖川有栖 カナダ金貨の謎
有栖川有栖 新装版 マジックミラー
有栖川有栖 新装版 46番目の密室
有栖川有栖 虹果て村の秘密
有栖川有栖 闇の喇叭
有栖川有栖 真夜中の探偵

有栖川有栖 論理爆弾
有栖川有栖 名探偵傑作短篇集 火村英生篇
浅田次郎 勇気凜凜ルリの色
浅田次郎 霞町物語
浅田次郎 ひとは情熱がなければ生きていけない〈勇気凜凜ルリの色〉
浅田次郎 シェエラザード(上)(下)
浅田次郎 歩兵の本領
浅田次郎 蒼穹の昴 全四巻
浅田次郎 珍妃の井戸
浅田次郎 中原の虹 全四巻
浅田次郎 マンチュリアン・リポート
浅田次郎 天子蒙塵 全四巻
浅田次郎 天国までの百マイル
浅田次郎 地下鉄に乗って〈新装版〉
浅田次郎 おもかげ
浅田次郎 日輪の遺産〈新装版〉
青木玉 小石川の家
天樹征丸 画・さとうふみや 金田一少年の事件簿 小説版〈オペラ座館・新たなる殺人〉
天樹征丸 画・さとうふみや 金田一少年の事件簿 小説版〈雷祭殺人事件〉

阿部和重 アメリカの夜
阿部和重 グランド・フィナーレ
阿部和重 A B C〈阿部和重初期作品集〉
阿部和重 ミステリアスセッティング
阿部和重 IP/NN 阿部和重傑作集
阿部和重 シンセミア(上)(下)
阿部和重 ピストルズ(上)(下)
甘糟りり子 産む、産まない、産めない
甘糟りり子 産まなくても、産めなくても
赤井三尋 翳りゆく夏
あさのあつこ NO.6〔ナンバーシックス〕#1
あさのあつこ NO.6〔ナンバーシックス〕#2
あさのあつこ NO.6〔ナンバーシックス〕#3
あさのあつこ NO.6〔ナンバーシックス〕#4
あさのあつこ NO.6〔ナンバーシックス〕#5
あさのあつこ NO.6〔ナンバーシックス〕#6
あさのあつこ NO.6〔ナンバーシックス〕#7
あさのあつこ NO.6〔ナンバーシックス〕#8
あさのあつこ NO.6〔ナンバーシックス〕#9

講談社文庫 目録

あさのあつこ　NO.6beyond〔ナンバーシックス・ビヨンド〕
あさのあつこ　待　っ　て　る〈橘屋草子〉
あさのあつこ　さいとう市立さいとう高校野球部 (上)(下)
あさのあつこ　甲子園でエースしちゃいました〈さいとう市立さいとう高校野球部〉
あさのあつこ　お　れ　が　先　輩？〈さいとう市立さいとう高校野球部〉
阿部夏丸　泣けない魚たち
朝倉かすみ　肝、焼　け　る
朝倉かすみ　好かれようとしない
朝倉かすみ　ともしびマーケット
朝倉かすみ　感　応　連　鎖
朝倉かすみ　たそがれどきに見つけたもの
朝比奈あすか　憂鬱なハスビーン
朝比奈あすか　あの子が欲しい
天野作市　気　高　き　昼　寝
天野作市　みんなの旅行
青柳碧人　浜村渚の計算ノート
青柳碧人　浜村渚の計算ノート　2さつめ〈ふしぎの国の期末テスト〉
青柳碧人　浜村渚の計算ノート　3さつめ〈水色コンパスと恋する幾何学〉
青柳碧人　浜村渚の計算ノート　3と1/2さつめ〈ふえるま島の最終定理〉

青柳碧人　浜村渚の計算ノート　4さつめ〈方程式は歌声に乗って〉
青柳碧人　浜村渚の計算ノート　5さつめ〈鳴くよウグイス、平面上〉
青柳碧人　浜村渚の計算ノート　6さつめ〈パピルスよ、永遠に〉
青柳碧人　浜村渚の計算ノート　7さつめ〈悪魔とポタージュスープ〉
青柳碧人　浜村渚の計算ノート　8さつめ〈虚数じかけの夏みかん〉
青柳碧人　浜村渚の計算ノート　8と2分の1さつめ〈つるかめ家の一族〉
青柳碧人　浜村渚の計算ノート　9さつめ〈恋人たちの必勝法〉
青柳碧人　霊視刑事夕雨子1〈誰かがそこにいる〉
青柳碧人　霊視刑事夕雨子2〈雨空の鎮魂歌〉
朝井まかて　花　　競　べ〈向嶋なずな屋繁盛記〉
朝井まかて　ちゃんちゃら
朝井まかて　す　か　た　ん
朝井まかて　ぬ　け　ま　い　る
朝井まかて　恋　　　　歌
朝井まかて　阿　蘭　陀　西　鶴
朝井まかて　藪医　ふらここ堂
朝井まかて　福　　　　袋
朝井まかて　草　々　不　一
歩りえこ　ブラを捨て旅に出よう〈貧乏乙女の"世界一周"旅行記〉

安藤祐介　営業零課接待班
安藤祐介　被取締役新入社員
安藤祐介　お　い！　山　田〈大翔製菓広報宣伝部〉
安藤祐介　宝くじが当たったら
安藤祐介　一〇〇〇ヘクトパスカル
安藤祐介　テノヒラ幕府株式会社
安藤祐介　本のエンドロール
青木理　絞　首　刑
麻見和史　石　の　繭〈警視庁殺人分析班〉
麻見和史　蟻　の　階　段〈警視庁殺人分析班〉
麻見和史　水　晶　の　鼓　動〈警視庁殺人分析班〉
麻見和史　虚　空　の　糸〈警視庁殺人分析班〉
麻見和史　聖　者　の　凶　数〈警視庁殺人分析班〉
麻見和史　女　神　の　骨　格〈警視庁殺人分析班〉
麻見和史　蝶　の　力　学〈警視庁殺人分析班〉
麻見和史　雨　色　の　仔　羊〈警視庁殺人分析班〉
麻見和史　奈　落　の　偶　像〈警視庁殺人分析班〉
麻見和史　鷹　の　砦〈警視庁殺人分析班〉
麻見和史　凪　の　残　響〈警視庁殺人分析班〉

講談社文庫 目録

講談社文庫 目録

五木寛之　旅の幻燈
五木寛之　他力
五木寛之　こころの天気図
五木寛之　新装版 恋歌
五木寛之　百寺巡礼 第一巻 奈良
五木寛之　百寺巡礼 第二巻 北陸
五木寛之　百寺巡礼 第三巻 京都Ⅰ
五木寛之　百寺巡礼 第四巻 滋賀・東海
五木寛之　百寺巡礼 第五巻 関東・信州
五木寛之　百寺巡礼 第六巻 関西
五木寛之　百寺巡礼 第七巻 東北
五木寛之　百寺巡礼 第八巻 山陰・山陽
五木寛之　百寺巡礼 第九巻 京都Ⅱ
五木寛之　百寺巡礼 第十巻 四国・九州
五木寛之　海外版 百寺巡礼 インド1
五木寛之　海外版 百寺巡礼 インド2
五木寛之　海外版 百寺巡礼 朝鮮半島
五木寛之　海外版 百寺巡礼 中国
五木寛之　海外版 百寺巡礼 ブータン

五木寛之　海外版 百寺巡礼 日本・アメリカ
五木寛之　青春の門 第七部 挑戦篇
五木寛之　青春の門 第八部 風雲篇
五木寛之　青春の門 第九部 漂流篇
五木寛之　親鸞 青春篇(上)(下)
五木寛之　親鸞 激動篇(上)(下)
五木寛之　親鸞 完結篇(上)(下)
五木寛之　五木寛之の金沢さんぽ
五木寛之　海を見ていたジョニー 新装版
井上ひさし　モッキンポット師の後始末
井上ひさし　ナイン
井上ひさし　四千万歩の男 全五冊
井上ひさし　四千万歩の男 忠敬の生き方
井上ひさし・司馬遼太郎　新装版 国家・宗教・日本人
池波正太郎　私の歳月
池波正太郎　よい匂いのする一夜
池波正太郎　梅安料理ごよみ
池波正太郎　わが家の夕めし
池波正太郎　新装版 緑のオリンピア

池波正太郎　新装版 殺しの四人〈仕掛人・藤枝梅安(一)〉
池波正太郎　新装版 梅安蟻地獄〈仕掛人・藤枝梅安(二)〉
池波正太郎　新装版 梅安最合傘〈仕掛人・藤枝梅安(三)〉
池波正太郎　新装版 梅安針供養〈仕掛人・藤枝梅安(四)〉
池波正太郎　新装版 梅安乱れ雲〈仕掛人・藤枝梅安(五)〉
池波正太郎　新装版 梅安影法師〈仕掛人・藤枝梅安(六)〉
池波正太郎　新装版 梅安冬時雨〈仕掛人・藤枝梅安(七)〉
池波正太郎　新装版 忍びの女(上)(下)
池波正太郎　新装版 殺しの掟
池波正太郎　新装版 抜討ち半九郎
池波正太郎　新装版 娼婦の眼
池波正太郎　近藤勇白書〈レジェンド歴史時代小説〉(上)(下)
井上 靖　楊貴妃伝
石牟礼道子　新装版 苦海浄土〈わが水俣病〉
いわさきちひろ　ちひろのことば
いわさきちひろ・松本 猛　いわさきちひろの絵と心
いわさきちひろ・絵本美術館編　ちひろ・子どもの情景〈文庫ギャラリー〉
いわさきちひろ・絵本美術館編　ちひろ・紫のメッセージ〈文庫ギャラリー〉
いわさきちひろ・絵本美術館編　ちひろの花ことば〈文庫ギャラリー〉

石田衣良 逆島断雄〈進駐官養成高校の決闘編2〉
石田衣良 逆島断雄〈本土最終防衛決戦編1〉
石田衣良 逆島断雄〈本土最終防衛決戦編2〉
石田衣良 初めて彼を買った日
井上荒野 ひどい感じ―父・井上光晴
稲葉稔 椋鳥の影〈八丁堀手控え帖〉
伊坂幸太郎 チルドレン
伊坂幸太郎 魔王
伊坂幸太郎 モダンタイムス(上)(下)
伊坂幸太郎 PK
伊坂幸太郎 サブマリン
絲山秋子 袋小路の男
石黒耀 死都日本
石黒耀 忠臣蔵異聞〈家老 大野九郎兵衛の長い仇討ち〉
犬飼六岐 筋違い半介
犬飼六岐 吉岡清三郎貸腕帳
石川大我 ボクの彼氏はどこにいる?
石松宏章 マジでガチなボランティア
伊東潤 国を蹴った男
伊東潤 峠越え
伊東潤 黎明に起つ
伊東潤 池田屋乱刃
石飛幸三 「平穏死」のすすめ〈口から食べられなくなったらどうしますか〉
伊藤理佐 女のはしょり道
伊藤理佐 また!女のはしょり道
伊藤理佐 みたび!女のはしょり道
石黒正数 外天楼
伊与原新 ルカの方舟
伊与原新 コンタミ 科学汚染
稲葉圭昭 恥さらし〈北海道警 悪徳刑事の告白〉
稲葉博一 忍者烈伝
稲葉博一 忍者烈伝ノ続
稲葉博一 忍者烈伝ノ乱〈天之巻〉〈地之巻〉
伊岡瞬 桜の花が散る前に
石川智健 エウレカの確率〈経済学捜査と殺人の効用〉
石川智健 60(ロクジュウ)〈誤判対策室〉
石川智健 20(ニジュウ)〈誤判対策室〉
石川智健 第三者隠蔽機関
石川智健 いたずらにモテる刑事の捜査報告書
井上真偽 その可能性はすでに考えた
井上真偽 聖女の毒杯〈その可能性はすでに考えた〉
井上真偽 恋と禁忌の述語論理
泉ゆたか お師匠さま、整いました!
伊兼源太郎 地検のS
伊兼源太郎 巨悪
逸木裕 電気じかけのクジラは歌う
今村翔吾 イクサガミ 天
入月英一 信長と征く 1・2〈転生商人の天下取り〉
磯田道史 歴史とは靴である
石原慎太郎 湘南夫人
内田康夫 シーラカンス殺人事件
内田康夫 パソコン探偵の名推理
内田康夫 「横山大観」殺人事件
内田康夫 江田島殺人事件
内田康夫 琵琶湖周航殺人歌
内田康夫 夏泊殺人岬
内田康夫 「信濃の国」殺人事件

内田康夫 風葬の城
内田康夫 透明な遺書
内田康夫 鞆の浦殺人事件
内田康夫 終幕のない殺人
内田康夫 御堂筋殺人事件
内田康夫 記憶の中の殺人
内田康夫 北国街道殺人事件
内田康夫 「紅藍の女」殺人事件
内田康夫 「紫の女」殺人事件
内田康夫 藍色回廊殺人事件
内田康夫 明日香の皇子
内田康夫 華の下にて
内田康夫 黄金の石橋
内田康夫 靖国への帰還
内田康夫 不等辺三角形
内田康夫 ぼくが探偵だった夏
内田康夫 逃げろ光彦〈内田康夫と5人の女たち〉
内田康夫 悪魔の種子
内田康夫 戸隠伝説殺人事件

内田康夫 新装版 死者の木霊
内田康夫 新装版 漂泊の楽人
内田康夫 新装版 平城山を越えた女
内田康夫 秋田殺人事件
内田康夫 孤道
和久井清水 孤道 完結編〈金色の眠り〉
内田康夫 イーハトーブの幽霊
歌野晶午 死体を買う男
歌野晶午 安達ヶ原の鬼密室
歌野晶午 新装版 長い家の殺人
歌野晶午 新装版 白い家の殺人
歌野晶午 新装版 動く家の殺人
歌野晶午 密室殺人ゲーム王手飛車取り
歌野晶午 新装版 ROMMY 越境者の夢
歌野晶午 増補版 放浪探偵と七つの殺人
歌野晶午 新装版 正月十一日、鏡殺し
歌野晶午 密室殺人ゲーム2.0
歌野晶午 密室殺人ゲーム・マニアックス
歌野晶午 魔王城殺人事件

内館牧子 終わった人
内館牧子 別れてよかった〈新装版〉
内館牧子 すぐ死ぬんだから
内田洋子 皿の中に、イタリア
宇江佐真理 泣きの銀次
宇江佐真理 晩鐘〈続・泣きの銀次〉
宇江佐真理 虚ろ舟〈泣きの銀次参之章〉
宇江佐真理 室の梅〈おろく医者覚え帖〉
宇江佐真理 涙堂〈琴女癸酉日記〉
宇江佐真理 あやめ横丁の人々
宇江佐真理 卵のふわふわ 八丁堀喰い物草紙・江戸前でもなし
宇江佐真理 日本橋本石町やさぐれ長屋
浦賀和宏 眠りの牢獄
上野哲也 五五五文字の巡礼〈魏志倭人伝トーク 地理篇〉
魚住昭 渡邉恒雄 メディアと権力
魚住昭 野中広務 差別と権力
魚住直子 非・バランス
魚住直子 未・フレンズ
魚住直子 ピンクの神様

講談社文庫　目録

上田秀人　密封〈奥右筆秘帳〉
上田秀人　国禁〈奥右筆秘帳〉
上田秀人　侵蝕〈奥右筆秘帳〉
上田秀人　継承〈奥右筆秘帳〉
上田秀人　簒奪〈奥右筆秘帳〉
上田秀人　秘闘〈奥右筆秘帳〉
上田秀人　隠密〈奥右筆秘帳〉
上田秀人　刃傷〈奥右筆秘帳〉
上田秀人　召抱〈奥右筆秘帳〉
上田秀人　墨痕〈奥右筆秘帳〉
上田秀人　天下〈奥右筆秘帳〉
上田秀人　決戦〈奥右筆秘帳〉
上田秀人　前夜〈奥右筆外伝〉
上田秀人　軍師の挑戦〈上田秀人初期作品集〉
上田秀人　天主信長〈表〉〈我こそ天下なり〉
上田秀人　天主信長〈裏〉〈天を望むなかれ〉
上田秀人　波乱〈百万石の留守居役(一)〉
上田秀人　思惑〈百万石の留守居役(二)〉
上田秀人　新参〈百万石の留守居役(三)〉
上田秀人　遺臣〈百万石の留守居役(四)〉
上田秀人　密約〈百万石の留守居役(五)〉
上田秀人　使者〈百万石の留守居役(六)〉
上田秀人　貸借〈百万石の留守居役(七)〉
上田秀人　参勤〈百万石の留守居役(八)〉
上田秀人　因果〈百万石の留守居役(九)〉
上田秀人　忖度〈百万石の留守居役(十)〉
上田秀人　騒動〈百万石の留守居役(十一)〉
上田秀人　分断〈百万石の留守居役(十二)〉
上田秀人　舌戦〈百万石の留守居役(十三)〉
上田秀人　愚劣〈百万石の留守居役(十四)〉
上田秀人　布石〈百万石の留守居役(十五)〉
上田秀人　乱麻〈百万石の留守居役(十六)〉
上田秀人　要訣〈百万石の留守居役(十七)〉
上田秀人　梟の系譜〈宇喜多四代〉
上田秀人　竜は動かず　奥羽越列藩同盟顛末　(上)万里波濤編　(下)帰郷奔走編
内田　樹　下流志向〈学ばない子どもたち　働かない若者たち〉
内田　樹　釈　徹宗　現代霊性論
上橋菜穂子　獣の奏者〈I闘蛇編〉
上橋菜穂子　獣の奏者〈II王獣編〉
上橋菜穂子　獣の奏者〈III探求編〉
上橋菜穂子　獣の奏者〈IV完結編〉
上橋菜穂子　獣の奏者〈外伝　刹那〉
上橋菜穂子　物語ること、生きること
上橋菜穂子　明日は、いずこの空の下
海猫沢めろん　愛についての感じ
海猫沢めろん　キッズファイヤー・ドットコム
冲方　丁　戦の国
上田岳弘　ニムロッド
上野　歩　キリの理容室
内田英治　異動辞令は音楽隊！
遠藤周作　ぐうたら人間学
遠藤周作　聖書のなかの女性たち
遠藤周作　さらば、夏の光よ
遠藤周作　最後の殉教者
遠藤周作　反逆(上)(下)
遠藤周作　ひとりを愛し続ける本
遠藤周作　周作塾〈読んでもタメにならないエッセイ〉

2022年6月15日現在